Mittendrin

Geschichten von gestern und heute
Nur die Erinnerung bleibt.

Mittendrin

Erlebtes von Rita Maria Hadler

Bibliografische Information der Deutschen Nationalbibliothek
Die Deutsche Nationalbibliothek verzeichnet diese Publikation in der
Deutschen Nationalbibliografie; detaillierte bibliografische Daten sind
im Internet über http://dnb.d-nb.de abrufbar.

© 2011 Rita Maria Hadler
Satz, Umschlaggestaltung, Herstellung und Verlag:
Books on Demand GmbH, Norderstedt
ISBN 978-3-8448-8491-3

Inhalt

Vorwort / Einleitung

Warum habe ich diese Geschichten aufgeschrieben? Weil ich die vielen Erlebnisse und Eindrücke auf immer und ewig zu Papier bringen wollte, gleichzeitig konnte ich dabei so eine Art Aufarbeitung der Geschehnisse vornehmen. Denn vieles waren belastende Momente. Durch das Schreiben habe ich mich persönlich viel freier gefühlt, so als ob man schwere Lasten leichter tragen kann. Aber auch nicht alles Erlebte war schrecklich, dies ist mir beim Schreiben aufgefallen. Mit Berlin beginnt meine Geschichte, weil für mich die Stadt schon immer etwas Aufregendes und geheimnisvolles ausgestrahlt hat. Auch wollte ich nicht auf dem Lande versauern. Außerdem waren wir meiner Meinung nach, viel zu eng mit Eltern und Geschwistern verbandelt. Die Gesellschaft hat uns nur Verhaltensmaßregeln vorgegeben und in einer Großstadt ist die Entfaltungsmöglichkeit sehr viel größer und eine Trennung vom altbekannten würde für uns eine riesen Chance sein.

Sehr am Herzen haben mir die dramatischen Verhältnisse um die schwere Krankheit meines Mannes gelegen. Darüber möchte ich schreiben und um die Ängste abzubauen und zu beschreiben, wie stark ein Mensch sein kann, was er ertragen kann, wenn große Anforderungen an ihn gestellt werden. Wenn man praktisch vor scheinbar unlösbaren Situationen steht und diese sich doch zum Positiven wenden. Beim Verarbeiten dieser Ereignisse kam mir die Idee, über mein Leben mit der Familie Geschichten zu schreiben. Damit der Leser ein klein wenig Verständnis bzw. Überblick vom Hintergrund und Umfeld erfahren kann bzw. näher gebracht bekommt. Die Zeit war so bewegend und herzzerreißend, es kam mir wie eine nicht durchdringbare Wand, nicht zu erklimmender Berg vor. Dazu lade ich Sie ein, ein wenig mehr über mein anderes Leben zu erfahren. Damit Sie verstehen, wie sonst mein Leben so verläuft.

Mein Schreibwunsch hat also mit der Leishmaniose begonnen. Weil ich nicht nur den Fokus auf Krankheit und Gesundheit haben wollte, habe ich auch die anderen positiven Erlebnisse dargestellt. Die tragische Form sollte nicht im Vordergrund stehen, ich wollte einfach nicht, dass das Leben zu schwarz gesehen wird.

Niemals wäre ich schreibtechnisch aktiv geworden, wenn es nicht Leishmaniose gegeben hätte. Es hat lange gedauert, bis ich den Mut gefasst habe, darüber zu schreiben.

Es hat lange gedauert, bis ich verstanden habe, dass vielleicht auch anderen Menschen nahe gebracht werden kann, dass nicht nur sie Probleme haben, niemand ist alleine. Es gibt auch andere mit ähnlichen Problemen.

Das nicht aufgeben gefühl will ich vermitteln. Auch aussichtslose Situationen sind nach dieser erlebten Erfahrung zu meistern, zu bewältigen. Mit Gottes Hilfe und Gebet ist einiges umsetzbar. Ganz im Inneren war mir auch bewusst, dass wir das schaffen werden, auch wenn die anderen gedacht hatten, er wird es nicht überleben.

Das von mir verlangt wurde, allein diese Schwierigkeiten anzugehen, ohne meinen Mann, der ja zum Helfen nicht in der Lage war. Was tue ich, was mache ich als erstes, was soll ich tun. Einsame Entscheidungen.

Dadurch war meine Selbstständigkeit gefordert und ich fühlte mich als wichtige Person.

Vielleicht sind noch andere interessante Punkte aus meinem Leben zu verzeichnen.

Nicht die medizinische Sichtweise, sondern die persönlichen Erlebnisse stehen hierbei im Vordergrund.

So entstand eine Geschichte nach der anderen. Meine verschiedenen Lebensabschnitte gingen mir durch den Kopf. Abgeben von dem Erlebten. Das ist vielleicht nicht ein Leben wie bei einem Menschen, der in der Behörde arbeitete.

Die vielfältigen Umzüge. Freunde und Bekannte haben mich motiviert, »was du / ihr schon alles erlebt habt...« Darüber kann man ja schreiben, dass ist so anders, als das, was in Friedenszeiten der durchschnittsmensch erlebt. Unterschied zu Menschen, die nur ihre eingefahrenen Wege gehen.

Wohlwissend dass jeder seinen Hintergrund und sein leben individuell gestaltet, wollte ich mein unruhiges Leben darstellen. Das prägt einen ja auch.

Unsere Geschwister und Familien konnten das nicht verstehen. Für die war das nicht seßhaft genug. Um zu arbeiten, wird ja heute auch sehr viel Reisezeit in Kauf genommen. Heute Standard.

1. Berliner Jahre – vom Land in die Stadt

Im Oktober 1979 sind wir (mein Mann, drei Kinder und ich) aus einem fünftausend-Seelen-Ort bei Hamburg nach Berlin umgezogen. Die jetzige Hauptstadt war damals noch geteilt in Ost- und West-Berlin. Der westliche Teil war umgeben von der Sowjetunion. Deshalb fühlten sich die Berliner wie auf einer Insel. Wenn man nach Westdeutschland wollte, musste beim Durchfahren der DDR jedes Mal beim rein- bzw. beim rausfahren die sehr genaue Passkontrolle überstanden werden. Bei uns hat das immer ein ungutes Gefühl erzeugt. Wir fühlten uns dadurch sehr belastet.

Einige Wochen vorher hatte mein Mann schon einen Arbeitsvertrag als Bauleiter im Spezialtiefbau unterschrieben. Die Firma, bei der sich mein Mann beworben hatte, hatte ihren Firmensitz in Hamburg und zusätzlich Filialen in Berlin. Das schürte den Wunsch in uns, das Wagnis einzugehen und dem Land den Rücken zukehren.

Nachdem mein Mann den Arbeitsvertrag in der Tasche hatte, fuhren wir zur Wohnungsuche nach Berlin. Dort haben wir die weitere Planung vorangetrieben. Einem Makler hatten wir 6.000 DM gegeben, damit er für uns eine Wohnmöglichkeit findet. Uns schwebte ein kleines Gartenhaus vor, das uns in einer Anzeige aufgefallen ist. Leider stand dieser Makler kurz vor der Insolvenz, was wir nicht wussten. Er gab uns zwar eine Quittung, aber wir mussten feststellen, dass er gar nichts weiter unternommen hatte. Bei unserer Ankunft wollte oder konnte er uns das angezahlte Geld nicht mehr zurückgeben. Daraufhin sind wir mit unseren Kindern in seinem Büro erschienen, haben uns dort hingesetzt und gesagt: »wir gehen hier nicht wieder raus, bevor wir unser Geld zurückhaben.« Schließlich ist der Makler mit meinem Mann zu einem Geldverleiher gegangen, ich habe im Büro mit den Kindern gewartet und tatsächlich bekamen wir unser Geld zurück. Einerseits waren wir enttäuscht, andererseits hatten wir damit noch Glück im Unglück. Unsere Möbel waren im Übrigen bei einem Spediteur für kurze Zeit eingelagert. Wir mussten also zusehen, dass wir schnellstmöglich, eine Wohnung finden. Jetzt hatten wir natürlich noch immer keine Wohnung. Deshalb mieteten wir uns zunächst einmal in einer Pension ein, in der sich mein Mann auch noch einen sagenhaften Fußpilz holte. So konnte mein Mann tagelang nur noch mit offenen Schuhen durch die Stadt gehen, was bei den herbstlichen Wintertemperaturen weniger erquicklich war. Scheinbar ging alles schief.

So kauften wir uns die Berliner Zeitung (BZ) und suchten verzweifelt eine Bleibe, was Ende der 70er und Anfang der 80er Jahre in Berlin sehr schwierig war. Schließlich hatten wir Glück. Ein Spanier wollte wieder nach Madrid zurück. Wir konnten uns mit ihm einigen und sind im Bezirk Charlottenburg gelandet. Eine Drei-Zimmer-Wohnung im dritten Stock war nun unser zukünftiges Zuhause. Endlich konnten wir die Möbel kommen lassen und ein neuer Lebensabschnitt begann.

Jetzt mussten erst einmal für den Nachwuchs Schulen gesucht werden. Stefan war 13, Claudia 12 und Christina 9 Jahre alt. Mit den Kindern und den letzten Zeugnissen unterm Arm haben wir verschiedene Schulen aufgesucht. Unser Sohn kam auf eine Gesamtschule, die älteste Tochter auf die Max-Liebermann-Realschule und die jüngste auf das humanistische Goethe-Gymnasium.

Ich selbst hatte mich bis dahin noch nicht um eine Arbeitsstelle in Berlin bemüht. Nachdem alle versorgt waren, hatte ich die Zeit, für mich eine geeignete Arbeit zu suchen. In einer Buchhandlung habe ich halbtags die Buchführung übernommen.

14 Tage nach der Anmeldung in Berlin stand ein Postbote mit zwei Geldanweisungen der Stadt vor der Tür. Wir waren sehr erstaunt, denn so genau hatten wir uns damit gar nicht beschäftigt. Aber jeder arbeitende Neubürger der Stadt Berlin, erhielt diese so genannte Berlinförderung. Das Geld konnten wir gut für unseren Neustart gebrauchen. Außerdem wurden wir zu einer Stadtrundfahrt eingeladen. Es gab Berliner Pfannkuchen und viele interessante Erklärungen über die Stadt.

Zur damaligen Zeit konnte man in Berlin gut verdienen. Es gab sogar Berlinzulage.

Neue Ärzte musste man sich natürlich auch suchen.

Mein Mann sollte in der neuen Firma auch einen Firmenwagen bekommen, den er aber erst aus Hamburg überführen sollte. Wir planten deshalb, das Auto an einem Freitag abzuholen. Unsere Kinder waren alle in der Schule, so konnten wir rechtzeitig am Nachmittag zurück sein. Aber daraus wurde nichts. Wir sind morgens zum Flughafen Tegel, zeigten dort unsere Reisepässe ohne Beanstandung vor, flogen nach Hamburg, holten dort das Auto ab und wollten über Helmstedt wieder nach Berlin einreisen. Dort verlangten die Polizisten unsere Ausweise und forderten uns auf, rechts ran zufahren. Wir dachten das läge an der roten Nummer, die das Auto hatte, weil das Auto ja erst später angemeldet werden sollte. Die Polizisten aber teilten uns mit, es läge ein Haftbefehl wegen einer nicht bezahlten Steuerrechnung gegen uns vor. Diese Steuerrechnung konnte uns nicht zugestellt werden. Da wir in Hamburg nicht mehr und in Berlin noch nicht gemeldet waren, hatten wir demzufolge offiziell keinen Wohnsitz. Inzwischen waren wir aber ja schon umgemeldet. Unglücklicherweise hatten wir aber die Meldebestätigung nicht dabei. Wir dachten, uns trifft der Schlag. Wir wurden also auf die Wache mitgenommen. Da es gerade Freitagnachmittag war, war ein direktes Nachfragen beim Amt nicht möglich. So wurden wir in die Zelle gesperrt, Gürtel abgeben usw. Zuhause hatten wir noch kein Telefon, konnten also die Kinder nicht verständigen. Es sollte das Jugendamt geschickt werden. Das haben wir aber abgelehnt. Dann hieß es, nur ein Richter könnte den Haftbefehl aufheben, aber es war keiner mehr da. Mein Mann tobte wie ein Wahnsinniger, ein Kriminalbeamter riet zur Ruhe, sonst würde alles noch schlimmer. Also haben wir unsere erste Nacht im Knast verbracht. Am Sonnabendmorgen riefen wir mit Erlaubnis in der Schule an. Inzwischen konnte durch einen Rechtsanwalt der Richter erreicht werden. Der Haftbefehl wurde aufgehoben und wir konnten entlassen werden. Mein Mann hatte Angst, dass sein Job weg ist, wenn er nicht bald mit dem Auto auftauchen würde. Lange Zeit konnten wir uns im Fernsehen keine Krimis mehr ansehen. Als wir an die Grenze zurückkamen, wo das Auto noch stand, grinsten die Polizisten uns an und meinten ganz lässig, ja man muss alles einmal durchgemacht haben.

Jetzt waren wir im Trubel der Stadt eingebunden. Wir wohnten dicht an der Wilmersdorfer Straße, einer riesigen Fußgängerzone mit Kaufhäusern, kleineren Geschäften, Kneipen und Cafés. Einfach urig. Direkt vor Karstadt war der Eingang in die U-Bahnstation. Damals hatte Karstadt ja auch noch eine Lebensmittelabteilung. Zum ersten Sylvester in Berlin kaufte mein Mann Karpfen. Als er die Tüte aufs Band legte und die Kassiererin die Ware vorholte, bewegte sich plötzlich die Tüte und der totgeglaubte Fisch sprang hoch und die Kassiererin auch und schrie dabei fürchterlich, so groß war der Schreck.

Langsam lebten wir uns ein und fanden es eigentlich richtig toll in Berlin. Unten im Haus war ein Aldi-Laden, und eines Tages hing ein Schild an der Tür. Verkäuferin gesucht. Also bin ich hin und habe mich vorgestellt. Das Glück war auf meiner Seite. Ich wurde genommen und zwar ganztags. In meiner Mittagspause konnte ich schnell nach Hause laufen, nach den Kindern sehen und fürs gemeinsame Essen am Abend schon alles vorbereiten. Wir fanden diese Lösung ideal. Es war ein harter Job und zu derzeit sehr viel los im Laden, aber es hat mir sehr viel Spaß gemacht. Wir haben uns alle gut verstanden dort, ein bombiges Betriebsklima. Die ca. 600 verschiedenen Preise im Kopf zu haben, war für mich gut zu packen. Aber durch diesen Stress konnte ich irgendwie keine Menschenansammlungen mehr ertragen.

Da wir in der Wohnanlage den Hausmeisterposten übernommen hatten (der vorherige Hausmeister hatte ein Alkoholproblem und war im Vollrausch mit einem Messer auf seine Frau losgegangen und wurde dann gekündigt), war es natürlich unsere Pflicht auf Veränderungen im Haus zu achten. An einem Sonntag war plötzlich die Hintertür zum Aldi-Laden geöffnet. Mein Mann rief Hallo, ist dort jemand? Daraufhin kam der Metzger (Aldi hatte dort eine Frischfleisch- und Wurstabteilug) durch die Abtrennung herausgekrochen. Uns kam es verdammt komisch vor. Am Montag haben wir diesen Vorfall dem Bezirksleiter gemeldet. Sofort wurde der Sache nachgegangen und der Metzger überprüft. Zuhause bei ihm wurde eine Durchsuchung angesetzt. Sämtliche Schränke und die Garage waren voller Aldi-Artikel gepackt. Seit ein paar Monaten hatten wir schon schlechte Inventuren und irgendwie fühlten wir uns alle verdächtig. Jetzt kannten wir den Grund. Nach ein paar Wochen tauchte die Aldi-Geschäftsleitung bei uns auf und bedankte sich mit einem Riesenpräsentkorb. Das fanden wir richtig nett. Der Metzger wurde verurteilt, eigentlich viel zu milde, aber er gab an, da er aus der ehemaligen DDR kam, mit dem riesigen Warenangebot nicht zurecht gekommen zu sein.

Eben vor der Konfirmation unseres Sohnes ließ ich mir einen Termin bei einem Frauenarzt geben. Durch den Umzug habe ich den Besuch immer wieder aufgeschoben. Ich bin also zur Vorsorge gegangen. Nach zwei Wochen wurde ich zum nochmaligen Kommen aufgefordert. Wieder ein Abstrich. Der erste war nicht so perfekt. Der zweite dann auch nicht. Es wurde eine

Konisation (Entnahme einer Gewebeprobe) im Krankenhaus angeordnet und durchgeführt. Meine Angst wuchs. Gerade mal 35 Jahre alt und schon zum Sterben verurteilt? Mein Mann geriet in Panik, denn seine Mutter ist mit 55 Jahren an Brustkrebs verstorben. Das Ergebnis war positiv. Die Gebärmutter wurde mir entfernt und bis heute sind keine bösartigen Wucherungen aufgetaucht. Also Glück im Unglück. Davon habe ich meinen Kindern nichts erzählt, denn ich dachte, dass sie es schlecht verkraften würden.

Langsam trat wieder Normalität ein. Mit viel Elan machten alle Kinder Tanzkurse. Berlin hatte viel zu bieten. Die Großen begannen mit ihrer Lehre, Stefan bei Siemens als Maschinenschlosser, ein Jahr später Claudia als Krankenschwester in Spandau. Claudia wollte unbedingt schon mit 18 Jahren von zu Hause ausziehen. Man ist ja volljährig und kann allein bestimmen. Sie hat ja schon Geld verdient und war im zweiten Lehrjahr. Seit einem Jahr hatte sie einen Freund. Bernd wohnte in Spandau, hatte dort eine zwei-Zimmer-Wohnung. Jetzt fällt mir ein, dass es sogar zwei-einhalb waren. Er war Polizist und hatte gerade ausgelernt. Das Zusammenleben klappte wohl ganz gut. Aber plötzlich eben nicht mehr. Claudia erwischte ihren Freund mit einer anderen. Daraufhin ist sie ins Schwesternwohnheim umgezogen. Dort haben wir sie an ihrem 19. Geburtstag besucht. Mit Christina sind wir zum Kaffeetrinken mit ein paar Geschenken aufgetaucht. Wir hatten einen schönen Nachmittag. Am nächsten Tag hatte Claudia die mündliche Prüfung für das Schwesternexamen. Auf einmal sehr früh am Morgen klingelte bei uns das Telefon. Unsere

Tochter war dran. Wir sollten sofort kommen. Sie weinte fürchterlich. Bernd war am späten Abend über den Balkon in ihre Wohnung eingedrungen. Dort hatte Claudia einen jungen Mann sitzen. Einen Verehrer, der mit 19 roten Rosen zum Gratulieren gekommen war. Dieser Mann durfte die Wohnung nicht wieder verlassen. Der ehemalige Freund ist total ausgeflippt. Seine Eifersucht kannte keine Grenzen. Als wir dort ankamen, war es eben vorm Eskalieren der Situation. Wir haben sofort einen Funkwagen gerufen. Als die Polizisten eintrafen, haben sie natürlich sozusagen nichts gemacht, denn der ehemalige Freund war ja ein Kollege. Nur mitgenommen haben sie ihn. Irgendwann gab es eine Versöhnung. Und zwei Jahre später wurde sogar geheiratet. Inzwischen sind fünf Töchter und zwei Söhne dazugekommen.

Unser Sohn war wahnsinnig unordentlich. Sein Zimmer war immer ein einziges Chaos. Jedes Bemängeln war einfach sinnlos. Eines Tages langte es mir wieder einmal. Und ich drängte auf sofortiges Aufräumen. Tatsächlich nahm er einen Anlauf und blieb zielstrebig bei der Sache. Nachmittags sind wir dann alle ins Schwimmbad gegangen. Es waren fröhliche und lustige Stunden. Abends ist Stefan dann ganz gegen seine Prinzipien früh schlafen gegangen. Morgens um fünf Uhr, als ich ihn zur Arbeit wecken wollte, fühlte er sich sehr schlecht und war total heiß. Das Thermometer zeigte hohes Fieber an. Wir sind zum Arzt, der gleich nebenan seine Praxis hatte. An Stefans linkem Arm konnte man einen roten Strich erkennen. Ein paar Zentimeter hoch. Die Ärztin machte eine Markierung und sagte, wenn er höher steigt, müssten wir sofort wieder kommen. Es sah nach Blutvergiftung aus. Medikamente konnten das Voranschreiten nicht stoppen. Später riefen wir einen Krankenwagen, der Strich war schon den halben Arm hochgeklettert. Plötzlich war riesige Eile angesagt. Die Assistenten des Krankenwagens sprachen schon von Amputation. Es könnte dazukommen. Später hat sich herausgestellt, dass sich Stefan wohl an einer verrosteten Heftzwecke verletzt hat. Durch das anschließende Baden im Chlorwasser könnten Bakterien eingedrungen sein. Er sagte dann zu mir, nur weil ich mein Zimmer aufräumen sollte, wäre ich bald drauf gegangen. Der Arzt im Krankenhaus sagte uns dann, es hätten noch zehn cm bis zum Tod gefehlt. Nie wieder habe ich etwas vom Aufräumen gesagt und würde unser Sohn im Müll ersticken. Es war sehr sehr Ernst. Aber man sagt ja, sogar eine Katze hat sieben Leben. Vier Jahre später, eben vor der Hochzeit, es war eine Doppelhochzeit mit seiner Schwester Claudia, hatte Stefan einen schweren Arbeitsunfall, den er aber auch gut überstanden hat.

Mein Mann und ich hatten inzwischen wieder Umzugspläne. Berlin immer noch eine Insel war auf Dauer nichts für uns. Wir wussten damals ja noch nicht, dass sich die Grenzen 1989 öffnen würden. Und zwar am 09.11.1989, dem 24. Geburtstag meines Sohnes. Ende September 1987 eben vor der Geburt unseres ersten Enkelkindes sind Mein Mann, meine Tochter Christina und ich nach Bayern umgezogen. Gegen den Willen unserer Tochter. Sie hatte noch drei Jahre bis zum Abitur. Später, viel später hat es auch ihr dort gefallen.

Hier endet meine Berlingeschichte und für uns begann ein neuer Abschnitt in Landshut, Niederbayern.

Neue Arbeit, neue Ärzte, neue Wohnung, neue Nachbarn und vieles neue mehr. Vielleicht, wahrscheinlich sogar, werde ich später einmal auch darüber berichten.

Gerade als ich meinen Berlinbericht schließen wollte, fiel mir ein, dass ich das Nachtleben von Berlin noch gar nicht erwähnt habe. Es war ja möglich, dass man sich ganze Nächte um die Ohren hauen konnte. Theater, Kneipen, Bars und auch viele Kabaretts konnte man besuchen. Mein Mann und ich waren ja noch im sozusagen jugendlichen Alter und zu jeder Schandtat bereit.

Wer von Berlin spricht, muss auch die so beliebte Currywurst erwähnen. Am Stuttgarter Platz / Ecke Kantstraße konnten wir von unserem Balkon auf die berühmte Bude gucken. Hier wurde die Wurst vor vielen Jahren zum ersten Mal in der bis heute so beliebten Art kreiert. Vor und nach unseren Streifzügen durch Berlin bei Nacht haben wir immer diese Wurst genascht. Auf dem berühmten Kudamm gab es eine ganz kleine urige Kneipe, der Hasenstall. Es war dort immer rappeldicke voll. Große Menschentrauben standen vor der Theke und die Gläser wurden genau wie das Geld dafür durchgereicht bis zum Gast und wieder zurück zur Theke. Bis in die frühen Morgenstunden konnte man dort quatschen und trinken. Sogar die Prominenz aus Funk, Film, Politik und Wirtschaft konnte man hier treffen. Die Stadt hat ganz einfach gelebt und jeder, auch der Nichtberliner, gehörte dazu. Es ist vielleicht noch interessant mal zu erwähnen, dass man auf Verlangen, nicht nur der Polizei, sondern auch den Alliierten, den Franzosen, den Engländern und den Amerikanern den

Ausweis vorzeigen musste, und sogar Wohnungen durften sie ohne Vorankündigung betreten.

In unserem Kopf war aber immer der Gedanke, einmal wieder aus der Stadt zu fliehen und in Landleben einzutauchen. Mein Mann ist praktisch auf einem Bauernhof aufgewachsen mit Pferden, Kühen, Schweinen und Hühnern sowie einem kleinen Krämerladen, den die Mutter betrieben hatte.

2. Leben in Landshut – Nordlichter wandern nach Bayern aus

Nach acht Jahren leben und wohnen im alten West-Berlin, zog es uns wieder in eine ruhigere Gegend. So haben wir uns auf Arbeitssuche begeben und in Landshut, der Hauptstadt Niederbayerns, gefunden. Wir hatten zwar unsere Zweifel, ob Bayern wohl die richtige Wahl wäre, aber aus Erfahrung war uns bewusst, nur der Versuch macht klug.

Zwei unserer Kinder waren ja schon ausgezogen und seit kurzem verheiratet. Die Doppelhochzeit von Claudia mit Bernd und von Stefan mit Marion haben wir noch groß gefeiert. Beide hatten ihren eigenen Polterabend, aber schon der Standesamtstermin war gedoppelt und fand in Berlin-Spandau statt, während die kirchliche Trauung in Berlin-Charlottenburg an einem richtig schönen sonnigen Apriltag für alle ein Genuss war.

Zu den Sommerferien war es dann soweit: für den Umzug wurden alle Sachen verpackt. Unsere Tochter Claudia und unser Schwiegersohn Bernd sind in unsere Wohnung eingezogen und wir sind mit der Jüngsten - nur unter ihrem Protest - per Bahn nach Landshut gefahren. Die Möbel wurden einen Tag später durch eine Spedition geliefert. Eine Wohnung hatten wir natürlich rechtzeitig im Vorfeld angemietet. Dabei haben wir schon festgestellt, dass Landshut eine wunderschöne Kleinstadt an der Isar ist.

Christina haben wir im humanistischen Gymnasium angemeldet. Es war für sie sehr hart dort. Die Leistungs-anforderungen waren in Bayern sehr viel höher als in Berlin. In allen Sprachen, insbesondere in Latein und Englisch, war sie weit zurück. Wir haben uns für ein Wiederholungsjahr entschieden, was letztendlich den Er-folg gebracht hat. Ansonsten herrschten in Bayern noch die guten alten Rituale: Wenn der Lehrer die Klasse betrat, mussten alle Schüler aufstehen; es wurde selbst noch in der elften Klasse in ein Heft diktiert; wer etwas sagen wollte, musste dazu aufstehen usw. Dabei war es ja schon das Jahr 1987. Mehr als einmal saß Christina weinend in ihrem Zimmer. Alles wurde besser, als sie in den Ruderverein eintrat und mit einer Mannschaft trai-niert hatte und erfolgreich an Wettkämpfen teilnehmen konnte. Die Schule hat in Berlin bei »Jugend trainiert für Olympia« im Rudern und zwar im Vierer mit Steuerfrau den dritten Platz belegt. Das fand ich einfach toll. Die Urkunde hängt heute noch im Flur des Gymnasiums. Mit diesem Erfolg war unsere Tochter in der Schule akzeptiert. Sie hat dann später auch ein gutes Abitur geschafft, was mich sehr stolz gemacht hat.

Übrigens waren meine beiden großen Kinder vorher in Hamburg auch schon bei diesem Jugend-Wettbewerb aktiv dabei. Stefan beim Geräteturnen und Claudia beim Schwimmen.

Auch ich hatte bei meiner neuen Arbeitsstelle zunächst Schwierigkeiten. Ich konnte bei Aldi wieder als Kassie-rerin arbeiten. Schon allein wegen der Sprache hatte ich schwer zu kämpfen. Vieles konnte ich überhaupt nicht verstehen. Dabei gehört Bayern ja zu Deutschland und wir waren schließlich nicht in ein fremdes Land ausgewandert. Aber ich konnte mit meinem Arbeitseinsatz überzeugen.

Die Firma, in der mein Mann angestellt war, hatte viele Aufträge außerhalb von Landshut angenommen. So wurde mein Mann leider selten vor Ort eingesetzt, sondern war meistens auf Montage, was ihm und mir überhaupt nicht gefallen hat. Irgendwie ist in dieser Zeit unsere Gemeinschaft immer mehr auseinander gebrochen und kurz vor unserer Silberhochzeit kam es beinahe zur totalen Trennung.

Nach zwei Jahren bei Aldi habe ich eine Lehre zur Krankenschwester begonnen. Das war seit langer Zeit mein Traum. Immerhin war ich inzwischen schon 44 Jahre alt. Inzwischen hat meine Tochter Claudia genau im gleichen Alter ihr Diplom zur Sozialpädagogin erfolgreich abgeschlossen und auch noch nebenbei sich um ihre sieben Kinder gekümmert. Was ich sehr bewundernswert finde.

Es gefiel mir sehr gut im Krankenhaus und mit den anderen Schwestern-Schülern habe ich mich sehr gut verstanden. Die meisten in der Klasse waren ja noch unter 20 Jahre alt. Natürlich hat auch das Zusammenarbeiten mit Pflegekräften und Ärzten toll harmoniert. An erster Stelle standen aber immer die Patienten. Jedes Jahr hatten wir vier Wochen Urlaub. Im ersten Jahr war ich mit meiner Klassenkameradin Karin in der Schweiz. Dort hatten ihre Eltern in St. Moritz einen Wohnwagen stehen, den wir nutzen durften. Der Vater hatte sogar einige Wanderrouten für uns ausgearbeitet. Ein toller Urlaub. Im Jahr darauf war ich mit einer anderen Mitschülerin, Petra, unserer Klassensprecherin, auf Rhodos. Eigentlich wollten wir nach Irland. Aber Petras Familie fand dort wegen der dauernden Querelen zwischen den Katholiken und Protestanten zu unsicher. Naja, vielleicht hatten sie recht. Also sind wir dann nach längerem Hin- und Her nach Griechenland geflogen. Es wurden interessante Urlaubstage.

Ich war erstaunt, dass ich den Schulunterricht mit den vielen Fächern bewältigen konnte. Nur das Fach Chemie hat mir viel Kopfzerbrechen bereitet.

Besonders begeistert war ich von der Säuglingsstation. Und ich war sehr stolz, als mir eine junge Mutter später einmal bei einer zufälligen Begegnung sagte, dass ich ihr im Krankenhaus so viel Mut gemacht hätte und dass sie ohne meinen Zuspruch an den auf sie zukommenden Aufgaben verzweifelt wäre. Während der Lehrzeit habe ich im Schwesternwohnheim gewohnt.

Die ewige Trennung zwischen meinem Mann und mir hat uns sehr belastet, wir waren dauernd im Streit. Wir haben lange überlegt, wie wir eine Lösung zur Änderung unserer Situation finden könnten.

Eines Tages wurden wir auf eine sehr interessante Stellenanzeige in der Zeitung aufmerksam: Es wurde für die Betreuung einer Bungalow-Parkanlage in der Nähe von Tarragona in Spanien ein Verwalterehepaar gesucht. Wir stellten uns vor und wurden doch tatsächlich genommen. Leider kam das Angebot schon nach zwei Jahren Lehrzeit. Wie sollte ich mich nun entscheiden? Sollte ich weitermachen? Oder mit meinem Mann nach Spanien auswandern, denn die Arbeit dort sollte ja für zwei Personen sein. Die Entscheidung fiel mir unheimlich schwer.

Der Verstand sagte mir, mach weiter im Krankenhaus. Das Herz sagte: du musst jetzt mit deinem Mann gehen. Oder es gibt eine Trennung für immer und ewig.

Also habe ich meinen Lehrvertrag gekündigt. Ein Jahr lang wollte die Leitung meine Lehre aussetzen. Sie meinte, dass das Abenteuer »Spanien« vielleicht schief gehen könnte. Aber mein Mann und ich haben wieder zueinander gefunden und sind dort am Mittelmeer geblieben. Genaueres habe ich in der nächsten Geschichte aufgeschrieben. So kam es, dass wir Landshut verlassen haben. Aber wie das Leben so spielt, sind wir Jahre später wieder da gewesen.

3. Arbeit in Katalonien – unvergessene Zeit am Mittelmeer

Als wir im Oktober 1992 nach Spanien kamen, haben wir nicht im Traum daran gedacht, was uns so alles erwarten würde. Sicher, wir wussten, es ist ein anderes Land mit einer anderen Sprache, mit einem viel wärmeren Klima, insgesamt einer ganz anderen Kultur. Aber erst, wenn man vor Ort ist und mit den Menschen lebt, kann man sich annähernd die Wirklichkeit vorstellen. Da wir ja in Spanien arbeiten wollten und nicht einfach nur für 14 Tage Urlaub ins Land kamen, bedeutete es ein Umdenken.

Ein paar Monate vorher hatten wir auf eine Anzeige in der Zeitung geschrieben. Es wurde ein Ehepaar für die Verwaltung eines Bungalow-Parks gesucht. Wir haben von dem Arbeitgeber erfahren, dass sich sehr viele Paare für diese Stelle beworben hatten. Umso mehr hat es uns gefreut, dass wir so zusagen den Zuschlag erhielten. Für meinen Mann war Mittelmeerklima sogar vom Arzt empfohlen worden, weil er vorher einen Verbrennungsunfall hatte und dabei die Bronchien durch Einatmung von Rauch geschädigt waren und somit schlimme Hustenattacken ausgelöst haben. Wir kauften uns also einen Wohnwagen, damit wir wenigstens zu Anfang eine Unterkunft hatten. Außerdem haben wir uns eine kleine erst acht Wochen alte Schäferhündin, wir nannten sie Ronja, die Räuberbraut, angeschafft. Damals wohnten wir noch in Bayern. Unsere Tochter Christina studierte zu dem

Zeitpunkt in München. Wir ließen sie mit unserem Wegzug alleine in der Wohnung zurück und begannen unser Spanienabenteuer. Drei Tage dauerte unsere Fahrt. Den Wohnwagen hatten wir randvoll gepackt. Bestimmt war er überladen. Da wir ja nicht wussten, was wir alles brauchen. Allein schon die Kleidung, Werkzeuge, Töpfe, Pfannen, Geschirr, Kassetten, Bücher und viele andere für uns wichtige Dinge, hatten wir dabei. Auf einem Parkplatz in Frankreich war zufällig Kontrolle bei einem Pkw. Wir hatten wegen einer Fahrpause den Wohnwagen hochgekurbelt. Gott sei Dank. So konnten die Polizisten nicht sehen, dass wir mit dem vielen Zusatzgewicht völlig den Wohnwagen überladen hatten. Wir haben an diesem Parkplatz viel Zeit verloren, denn wir konnten natürlich erst weiterfahren, als die Augen des Gesetzes ihren Feierabend einläuteten. Bei dem Gedanken daran, wird mir noch ganz mulmig.

Endlich in Spanien angekommen, nahm uns der noch amtierende Verwalter in Empfang. Unser neuer Chef hatte uns als Urlauber gemeldet. Wir haben nicht gewusst, dass dort noch nichts geklärt war und bei unserer Ankunft der bisherige Verwalter fristlos gekündigt werden sollte. Eigentlich wollten wir auf der Stelle den Park wieder verlassen, weil wir solche Methoden für ziemlich unmoralisch hielten. Ein paar Tage später wurde dann per Fax ohne vorherige Mitteilung dem Mann einfach gekündigt. Und wie es schien auch zu Recht, denn die Gäste hatten sich wohl laufend beschwert, dass die Arbeit nicht gemacht war, nur gefeiert wurde, natürlich mit viel Alkohol und dadurch Ärger in Serie an der Tagesordnung war. Wir blieben dann doch. Für uns war es eine große Herausforderung, den Bungalow-Park wieder zum Laufen zu bringen. Es gab unwahrscheinlich viel zu tun.

Zunächst erst einmal mussten wir uns um einige Angelegenheiten in eigener Sache kümmern. Wir zogen also los, um uns anzumelden: damals brauchte man zur Beantragung eines vorläufigen für fünf Jahre gültigen Personalausweises u.a. den Nachweis eines Wohnsitzes, einer Arbeitsstelle und die Erteilung einer Aufenthaltsgenehmigung, der so genannten »Residencia«.

Dann die acht Bungalows, ein Haupthaus und 8.000 qm Gelände mit Palmen, sowie ein großes Pool sauber halten. Aber wir waren voller Elan. Im Januar und Februar war Winterpause. Dann war es auch ziemlich kalt und es gab viel Wind. Erst im März wurden wieder Urlaubsgäste aufgenommen. Es war eine schöne Zeit, wir haben viele verschiedene Menschen kennen gelernt. Die allermeisten waren freundlich und umgänglich und haben sich super wohl bei uns gefühlt. Die Nachbaranlage hat ein holländisches Ehepaar geführt. Wir haben uns gut verstanden und die dortigen Gäste waren des Öfteren bei uns zum Schwimmen. Außerdem hatten wir eine kleine Bar und sogar verschiedene kleine Snacks konnten wir anbieten. Meistens mittwochs haben wir Grillabende organisiert. Jeder hat sein Fleisch mitgebracht und wir haben das Feuer gezündet und im wahrsten Sinne des Wortes umwerfende Sangria angeboten. Bis in die Morgenstunden haben wir in fröhlicher Runde getagt. Schade, dass alles schon der Vergangenheit angehört. Bei so einem Grillfest haben wir, auch wenn es keiner glauben wird, viele der jungen Leute der Gäste, die sich offensichtlich zugetan waren, tatsächlich zu einer Verlobung animiert. Sie meinten dann, eigentlich habt ihr recht und kauften sogar Verlobungsringe. So haben wir viele unvergessliche Stunden erleben dürfen. Auch eine Silberhochzeit und verschiedene 0-Geburtstage konnten wir ausrichten. Wir haben versucht, dass alles ein bißchen familiär zuging. Sogar für frische Brötchen haben wir jeden Morgen gesorgt. Einmal hatten wir einen echten spanischen Musiker, der spontan für uns die schönsten Lieder gespielt hatte. Er war als Handwerker gekommen und hat spontan seine Gitarre aus dem Auto geholt und einfach so losgelegt. Wir alle sind dahin geschmolzen.

Neben den vielen schönen Erlebnissen, gab es aber auch ein ziemlich trauriges Ereignis. Alles fing ganz lustig an. Wir erhielten einen Anruf: »wir kommen gleich vorbei!« Der Mann fragte noch, ob wir auch Badezeug zu vermieten hätten und stellte noch ein paar weitere außergewöhnliche Fragen. Wir waren schon etwas irritiert und auch sehr gespannt, welches lustige Paar da wohl gleich mit dem Taxi ankommen würde. Er so ca. 75 Jahre alt, sie wohl zwanzig Jahre jünger, beide waren wahrscheinlich noch niemals verreist und im Ausland schon gar nicht unterwegs; und außerdem hatten sie kein Bargeld dabei. Sie dachten, es würde alles im Bungalow-Mietpreis eingeschlossen sein, inkl. Badekleidung!

Nach zwei Tagen, die beiden waren gerade am Pool, sackte der Gast plötzlich in sich zusammen. Das sah nach einem Herzproblem aus. Wir riefen sofort einen Krankenwagen und der Mann wurde gleich ins Hospital gefahren. Schon einen Tag später wurde er wieder entlassen und kehrte in den Bungalow zurück. Allerdings hatte er zwei Tage später einen erneuten Herzanfall, die Ehefrau schrie laut um Hilfe, wir holten einen Arzt, der aber nur noch den Tod feststellen konnte. Oje, was nun. Es kam ein zweiter Arzt hinzu. Und dann wurde die Leiche abgeholt, in einem Kastenwagen für Obst und Gemüse, in einen Sack gelegt und abtransportiert. Die weinende Frau zu trösten, war schon schlimm. Aber wie sollte es weitergehen? Beerdigung, wo, wann und wie? Nach Deutschland eine Überführung war sehr teuer, in Spanien bleiben? 1000 Fragen. Wir haben bei der deutschen Botschaft in Barcelona angerufen. Dort sagte uns eine Dame, es sei Wochenende, der bestimmte Mitarbeiter habe jetzt frei und komme erst am Montag wieder. Wie es weitergehen soll, wisse sie auch nicht. Die Frau, nennen wir sie mal Helga, musste ja wieder nach Hause. Wir baten verschiedene Gäste, sie mitzunehmen, weil sie auch Urlaubsende hatten. Aber keiner wollte Helga mitfahren lassen. Das hat uns schon stark erschüttert, wo doch alle meinten, dass man unbedingt was tun müsse. Schließlich konnte sie in einem Bus mitfahren. Auch ohne eine Reservierung wurde Helga mitgenommen.

Nun zu einer anderen Geschichte. Eine Wahnsinnstat. Wir feierten gerade an der Bar, als eine Stimme rief »Halli, hallo, hier bin ich.« Wir schauten uns alle um und auch nach oben. Auf dem Dach vom Haupthaus stand der Peter. Mein Mann rief: »geh sofort zurück und runter vom Dach!« Peter sagte: »ja, ich komme sofort!« Und ruck zuck ist er mit einem Kopfsprung vom Dach ins Pool gesprungen. Oh Gott uns saß das Herz in der Hose. Wenn er nun auf den Grund gekommen wäre.

Peter könnte tot oder querschnittsgelähmt sein. Alles ging gut. Junge, Junge, das hatte lange gedauert, bis wir das verarbeitet hatten. Schließlich hatten wir ja auch die Verantwortung für alles, was auf dem Gelände geschah. Eine derartige Nichtachtung der Sicherheit hätte uns zur Last gelegt werden können, mal ganz abgesehen davon, was dem jungen Mann für ein Leid zugefügt worden wäre.

Ein lustiges Erlebnis hatten wir mit unseren Gästen Horst und Henry. Die beiden Brüder haben uns alle zu einer Bootstour eingeladen. Wir sollten uns so um 18.00 Uhr am Pool einfinden und das Handtuch nicht vergessen. Alle waren pünktlich, nur die zwei ließen auf sich warten. Plötzlich tauchten sie auf und wir dachten, wir sehen nicht richtig. Verkleidet im Gewand der alten Ägypter aus vergangenen Zeiten, unter dem Arm jeder ein Segelboot, sie riefen, alle einsteigen, gleichzeitig ließen Horst und Henry die Boote im Pool fahren. Ehrlich gesagt, das ganze sah so witzig aus, dass wir sofort in Lachen ausbrachen. Zwei Jugendliche hatten fest mit einer Bootsfahrt gerechnet und waren direkt sauer, dass nichts daraus wurde. Schließlich bekamen wir alle einen Drink spendiert und es wurde auch ohne Bootsfahrt noch ein schöner Abend.

Desöfteren sind wir zusammen Paella essen gegangen. Man konnte mit Fisch oder Fleisch oder mit beidem bestellen. Es schmeckte einfach fantastisch. Selber kann man unmöglich so eine Paella kochen. Das muss den Spaniern überlassen bleiben. Dann haben wir auch mal einen zünftigen spanischen Abend miterlebt. Unser Chef kam aus Deutschland mit Freunden und Bekannten und wollten einen richtigen Flamenco sehen. Also haben wir alles arrangiert. Es wurden unvergessliche Stunden. Jeden schlägt so ein Erlebnis in seinen Bann.

Oft wurden wir gefragt, habt ihr kein Heimweh nach Deutschland? Wir konnten es meistens verneinen. Bis auf, dass der Kontakt zu den Kindern und den Enkelkindern sehr eingeschränkt war und dass es zu Weihnachten keinen Grünkohl gab. Als Nordlichter hätten wir gerne mal wieder so ein deftiges Essen gehabt. Wir haben uns dann auf Pute mit Rotkohl geeinigt.

Natürlich haben wir auch Spanisch-Unterricht genommen. Das Spanisch-Lernen hat uns irgendwie Mühe gemacht. Naja, wir waren auch nicht mehr zwanzig und da unsere Gäste alle aus Deutschland kamen, haben wir uns total schwer getan, weil wir nicht genug spanisch gesprochen haben. Das Wörtchen »manana« (morgen) kam sehr oft vor. Aber auch das haben wir verkraften können.

Des Öfteren haben wir auch an der Bar geknobelt und es machten viele Schnäpse die Runde. Zu der Zeit war Alkohol in Spanien noch ein unheimlich günstiges Vergnügen. Von einem Karnevalsclub aus Köln muss ich noch berichten. Das waren wirklich lustige »Vögel«. Gleich bei Ankunft gaben sie mir Musikkassetten von den »Höhnern« und meinten: »Lege sie ein und drücke die Taste«. Und dann sangen und tanzten sie ums Pool. Allen voran Rosi mit einem Gipsbein. Sie hatte eigentlich von ihrem Arzt strikte Ruhe angeordnet bekommen, aber sie sagte: »Nichts da, Spanien olé«. Später kamen dann alle verkleidet in Kostümen an die Bar. Schlafen war mit dieser Urlaubsgruppe Fehlanzeige. 14 harte Tage mit viel Spaß und feuchtfröhlichen Attacken brachen an. Anschließend hätten wir eine Erholungskur gebraucht.

Aber wir wussten ja, im Winter ist es wieder ruhiger und beim Palmenschneiden und Häuser malen haben wir schon wieder die Gäste des neuen Jahres herbeigesehnt. Meistens am Sonnabend war Wechsel und es mussten die Bungalows hergerichtet werden. Dann gab es viel zu tun. Alles sollte sauber sein, damit die Gäste von Anfang an gute Laune haben.

1996/97 wurde mein Mann schwer krank. Er hatte die Tropenkrankheit Leishmaniose. Die erst mit einer harten Behandlung im Virchow-Klinikum Berlin nach vielen Wochen überstanden wurde. Mein Mann war danach nie wieder derselbe. Leider mussten wir unseren Traumjob in Spanien dann aufgeben. Trotzdem, manchmal denke ich, könnte man die Zeit zurückdrehen. Inzwischen sind wir in Rente, aber wir fahren natürlich manchmal noch nach Spanien in den Urlaub.

Inzwischen gibt es den Bungalow-Park nicht mehr. Er ist einer Straßenerweiterung zum Opfer gefallen. Genau wie auch die Bezahlung mit Peseten nicht mehr gilt, ist vieles vom neuen Europa überrollt. Die Preise sind auch in Spanien sehr gestiegen und Urlaub machen, ist vielerorts arg teuer geworden. Wegen der Wirtschaftskrise müssen aber auch wieder mehr Angebote gemacht werden. Der Mensch soll ja aufgeschlossen sein, damit in Zukunft neue Wege gegangen werden können und nicht nur der Vergangenheit nachgetrauert wird. Wir werden es nicht mehr erleben, aber unsere Enkel und Urenkel werden später von den vielen Veränderungen des wunderschönen Spaniens erzählen. Wissenschaftler berichten, dass durch den Klimawandel Südspanien als erstes unter großer Trockenheit leiden wird und das Land verödet. Natürlich hoffen wir alle, dass das noch lange nicht zutreffen wird.

4. Tropenkrankheit Leishmaniose – Auf Leben und Tod

Lange habe ich gezögert, ganze 11 Jahre, ehe ich unsere Geschichte zu Papier bringen konnte. Bisher habe ich diese unfassbare Geschichte noch nicht vollständig verarbeitet. Ich hoffe, wenn ich nun darüber schreibe, dass ich ruhiger werde und die schrecklichen Erinnerungen verblassen. Es ist auch mein Anliegen, anderen Menschen, die ein ähnliches Schicksal haben, Mut zu machen und Zuversicht zu geben.

Mein Mann und ich wohnten seit fünf Jahren in Spanien und verwalteten in dem ort L'Hospitatlet de L'Infante eine Bungalowanlage – acht Häuser, ein Haupthaus, in einer 8000 qm großen, wunderschönen Parkanlage mit Swimmingpool. Bis zum Strand sind es nur wenige Meter. Hier kann man in Ruhe die Ferien verbringen und sich gut erholen.

Ich glaube, es fing schon im Herbst 1996 an, dass mein Mann sich nicht wohl fühlte. Ständig war er müde und schlapp, die Beine waren ihm schwer. Bei dem täglichen Spaziergang morgens am Strand mit unserer Schäferhündin Ronja konnte er kaum vorwärtskommen. Es ging immer auf und ab. Für kurze Zeit waren keine Auffälligkeiten mehr wahrzunehmen. Manchmal hatte mein Mann keine Beschwerden, dann plötzlich wieder diese Schwächeanfälle.

Den ganzen Winter hindurch konnten wir im Garten arbeiten. Die Häuser wurden in jedem Jahr weiß gestrichen. Palmen und andere Gewächse waren zu schneiden. Der gesamte Park wurde für die beginnende Saison in Ordnung gebracht. Die Urlauber, die wir betreuten, sollten sich wohl fühlen. Mein Mann fühlte sich eigentlich ganz gut und so konnten wir in Ruhe bis etwa Mitte Januar 1997, unserer Arbeit nachgehen. Sehr gern haben wir dort gearbeitet, bis das Schicksal seinen Lauf nahm.

Plötzlich von einem Tag auf den anderen bekam mein Mann fieber, ohne Anzeichen auf eine Erkältung – Husten oder Schnupfen. Der Arzt diagnostizierte Grippe und verordnete Penicillin. Es trat keine Besserung ein. Im Gegenteil, das Fieber steig auf über 40°, wahnsinnige Schmerzen, so eine Art Koliken, kamen hinzu. Wir vermuteten Gallen- oder Nierensteine. Ich hatte ständig Angst um meinen Mann. Diese wuchs von Tag zu Tag, weil der behandelnde Arzt nicht erklären konnte, woher das hohe Fieber und die wahnsinnigen Schmerzen kamen.

So konnte es nicht weitergehen. Uns wurde empfohlen, den Arzt zu wechseln und so gingen wir zu einem Spezialisten. Zu diesem Zeitpunkt wussten wir noch nicht, dass dieser Arzt eine wichtige Rolle in unserem Leben spielen würde.

Inzwischen hatte ich unsere Kinder, die in Berlin wohnten, informiert und die einstimmige Meinung war: »Bring Papa hierher ins Krankenhaus.« Doch mein Mann war dazu nicht zu bewegen. Schließlich wurde er gut betreut. Der Arzt kam zwei- bis dreimal täglich, verordnete Medikamente und gab Spritzen gegen die Schmerzen. Alles half nichts. Stieg das Fieber schnell auf

41°, dann fiel es ebenso schnell auf 35°, um wieder rasend schnell auf über 40° zu steigen. Meine Angst wuchs. Ich machte Wadenwickel, notierte die Fieberwerte, beobachtete meinen Mann ständig. Manchmal dachte ich für einen Moment in Richtung Malaria.

Das Fieber stieg so heftig und die Schmerzen wurden für meinen Mann unerträglich. Im Fieber phantasierte er und schließlich erzählte er mir: »ich habe vom Tod geträumt!«. Ich sah ein großes Tor, ein flammendes Kreuz, sehr viel Licht und das Datum 25.02.1997. Bis dahin habe ich noch Zeit zu leben. Mach dir keine Sorgen, das Sterben ist gar nicht so schlimm.«

Der Arzt drängte auf Einweisung in ein Krankenhaus. Ich war nicht mehr in der Lage, klar zu denken und zu handeln. In meiner Not und mit Zustimmung meines Mannes rief ich unsere jüngste Tochter an, sie möchte doch nach Spanien kommen. Man muss wissen, dass wir im Winter ziemlich allein waren im Bungalow-Park. Zum Krankenhaus waren es einige Kilometer. Da ich selten mit dem Auto gefahren bin, hatte ich wenig Fahrpraxis und in diesem Fall stand ich völlig neben mir. Schließlich bestellte ich einen Krankenwagen und ließ meinen Mann ins Hospital bringen. Er kam auf die Unfallstation, wo ohnehin schon wahnsinnig viel zu tun war. Wir mussten lange warten und wurden dauernd vertröstet. Es muss ein Spezialist kommen. Blutdruck und Puls wurden gemessen, Blut abgenommen und wir wurden weiter vertröstet. Es dauerte Stunden, bis wir ein Bett zugewiesen bekamen. Ärzte, Schwestern, Pfleger und andere Personen liefen ständig hin und her. In spanischen Krankenhäusern dürfen die Angehörigen bis an das Bett mitkommen und dort auch über Nacht bleiben. Mein Mann war äußerst unruhig und konnte es wegen der starken Schmerzen kaum aushalten. Immer wieder wollte er aus dem Bett steigen und nach Hause. Ich war total erschöpft. Ich musste stark bleiben für meinen Mann und durfte mir nicht anmerken lassen, wie fertig ich war.

Inzwischen war unsere Tochter in Barcelona gelandet und auf dem Wege zu uns. Leider konnte ich ihr nicht mitteilen, dass wir im Krankenhaus waren. In unser Haus konnte sie nicht, weil ich den Schlüssel hatte, also nahm ich mir ein Taxi und fuhr zurück nach Hause. Ich habe meinen Mann also allein im Krankenhaus zurückgelassen. Nächtelang hatte ich keinen Schlaf und war dadurch wie gerädert. Unsere Tochter fuhr sofort ins Krankenhaus und ich konnte endlich ein paar Stunden schlafen. Später wechselten wir uns ab.

Meinem Mann ging es weiterhin sehr schlecht. Die Schmerzen waren trotz der vielen Medikamente und Infusionen sehr stark und das Fieber nach wie vor sehr hoch. Kulturen wurden angelegt, immer wenn das Fieber wieder stieg, um herauszufinden, um welche Art der Infektion es sich handelt. Man kam zu keinem Ergebnis, woher und warum es sich um eine totale Infektion handelte. Alle waren ratlos.

Inzwischen war mein Mann auf eine Station verlegt worden. Als ich einen Tag später in sein Zimmer kam, war das Bett leer. Der Bettnachbar erzählte mir, dass mein Mann zum Telefonieren wollte und noch nicht wieder zurück ist. In Wirklichkeit war er vor dem Krankenhaus herumgeirrt. Er fand ein Taxi, stieg ein und ließ sich nach Hause fahren. Sofort rief ich unsere Tochter an und sie erzählte mir, dass Papa mitsamt dem Tropf zu Hause ist, den sie beseitigen musste. In das Krankenhaus wollte er auf keinen Fall wieder hin.

Wie angewurzelt stand ich immer noch vor dem leeren Bett. Ärzte und Schwestern kamen gelaufen und es gab einen riesigen Disput. Mein Mann wäre ernsthaft krank und müsse sofort wieder in ärztliche Behandlung. Um welche Krankheit, um welches Leiden es sich handelt, konnte aber niemand sagen. Da mein Mann das Krankenhaus auf eigene Gefahr verlassen hatte, bekam ich keine Papiere mit. Kein Mensch kann sich vorstellen, wie verzweifelt ich war. Ich musste sofort nach Hause zu meinem Mann. Der Hausarzt wurde gerufen, der auch gleich kam und meinem Mann Spritzen gegen die starken Schmerzen gab. Er rief im Krankenhaus an, bekam aber keine Auskunft, da noch kein Ergebnis über die gefährliche Krankheit vorlag. »Ihr Mann muss sofort wieder ins Krankenhaus. Ich kann nicht länger Spritzen geben. Es muss gefunden werden, um welche Krankheit es sich handelt.« Sagte er. Endlich willigte mein Mann ein, nach Deutschland zu fliegen, um sich dort behandeln zu lassen. Der Arzt unterstützte dieses Vorhaben.

Ich wandte mich zuerst an den ADAC. Jedoch ohne genaue Krankendaten wurde der Flug nach Deutschland nicht übernommen. Außerdem hatten wir ja unseren Wohnsitz in Spanien und waren deshalb dort auch versichert. Die Flugrettung Düsseldorf wollte für 30.000 DM den Flug übernehmen, wenn wir privat bezahlen. Ich wollte meinen Mann nicht verlieren und hätte das Geld irgendwie besorgt. Aber dazu blieb mir nicht die

Zeit, es musste alles sehr schnell gehen, denn es ging um Leben und Tod.

So blieb uns nur noch, mit der regulären Fluglinie Barcelona-Berlin die Reise mit meinem schwerkranken Mann anzutreten. Meine Tochter hat für Sonntag, den 23.02.1997 zwei Plätze in der Touristenklasse gebucht. Vor dem Abflug waren wir noch beim Arzt, damit mein Mann noch mit einer schmerzstillenden Spritze versorgt wurde. Anschließend sind wir mit einem Taxi zum ca. 120 km entfernten Flughafen gefahren. Ich holte die Tickets und unsere Tochter brachte uns bis zum Abflugschalter. Noch immer sehe ich sie dort stehen und winken. Ohne die Unterstützung des spanischen Arztes und unserer Tochter hätten wir es nicht geschafft. Wenn ich jetzt rückwirkend darüber nachdenke, dann weiß ich nicht, woher ich die Kraft hatte, alles so durchzustehen. Es sollte aber noch schlimmer kommen.

Niemand durfte wissen, wie krank mein Mann wirklich war. Wir wussten doch nicht einmal, ob es sich um eine ansteckende Krankheit handelt. Obwohl mir die Angst im Nacken saß, habe ich die Sache cool und abgeklärt durchgezogen. In der einen Hand die Reisetasche, am anderen Arm meinen kranken Mann, so gingen wir zum Flugzeug. Alles ging gut und erst als wir in der Luft waren, konnte ich mich um ihn kümmern und stellte fest, dass sein Gesicht schon etwas gelb wurde. Ich muss noch sagen, dass wir in Köln zwischenlandeten und eine Stunde Aufenthalt hatten. Diese eine Stunde dauerte eine Ewigkeit. Wenn ich meinen Mann ansah, sein gelbes Gesicht, dann dachte ich, nun ist alles aus. Der nächste Flieger würde uns nicht mehr mitnehmen.

»Gottseidank, alles ging gut!« Mein Mann hat von alledem nichts mitbekommen. Wir landeten um 18.30 Uhr in Berlin Tempelhof. Unser Sohn holte uns am Flughafen ab und fuhr uns sofort ins Krankenhaus. Unsere Schwiegertochter hatte alles gut vorbereitet. Mein Mann kam auf die Unfallstation und wurde sofort ärztlich betreut. Mir war, als wenn eine zentnerschwere Last von meinen Schultern fällt und ich hoffte, dass meinem Mann geholfen wird.

Der behandelnde Arzt untersuchte meinen Mann sehr gründlich und stellte einen schweren Leberschaden fest. Er ertastete, dass die Leber und Milz doppelt so groß waren wie normal. Natürlich, wie sollte es auch anders sein, wurde angenommen, dass der Alkohol schuld an allem war. Und ein Leberversagen unmittelbar bevorstand. Ich wusste ja, dass mein Mann kein Alkoholiker war, aber wer trinkt nicht ab und an mal ein Gläschen. Doch ich hielt mich zurück. Ich sollte für Jahre zurück den Alkoholkonsum und andere Begebenheiten auf einen Zettel notieren. Dabei wurde auch deutlich, dass mein Mann wegen der großen Schmerzen schon seit Wochen immer wieder Paracetamol-Tabletten geschluckt hatte und zwar viel zu viele. Der Arzt hat sich später wegen seiner Äußerung bezüglich des Alkoholkonsums bei mir entschuldigt.

Nach den ersten Untersuchungen wurde mein Mann auf die Station für Inneres verlegt mit sehr hohem Fieber und wirren Reden. Weil sich sein Zustand ständig verschlechterte, kam er noch in der Nacht auf die Intensivstation. Schon in dieser Nacht wurde er geröntgt, Blut wurde abgenommen und weitere Untersuchungen folgten. Ein Ergebnis wurde nicht erzielt. Der Zustand meines Mannes wurde zunehmend schlechter. Weil ich total erschöpft und übermüdet war, fuhr ich in der Nacht mit zu meinem Sohn nach Berlin-Charlottenburg. Endlich konnte ich ein paar Stunden schlafen. Viel später habe ich erfahren, dass das Ärzte- und Schwesternteam die ganze Nacht hindurch beraten hat, um welche heimtückische Krankheit es sich handeln könnte.

Irgendwann kam der Pathologe auf die richtige Fährte. Noch heute bin ich ihm dankbar dafür. Er meinte, sein Hund hatte sich vor Jahren auf Mallorca angesteckt und ähnliche Symptome gezeigt. Es könnte sich um die von Sandmücken übertragene Tropenkrankheit Leishmaniose (davon hatte ich noch nie etwas gehört) handeln. Die Blutuntersuchung gab lediglich Hinweis auf einen Entzündungsprozess. Um dieser gefährlichen und ohne Hilfe tödlichen Krankheit auf die Spur zu kommen, musste Knochenmark entnommen werden. Der Eingriff sollte am nächsten Tag durchgeführt werden.

Als ich am nächsten Morgen zu meinem Mann kam, wollte er mich auf keinen Fall sehen. Er hatte furchtbare Schmerzen und gab mir an allem die Schuld. Er beschimpfte mich fürchterlich. Ich konnte ihn nicht beruhigen. Ich weinte bitterlich und ließ den Tränen freien Lauf. Ich wollte nach Spanien zurückfliegen. Ich hatte das Gefühl »ich halte es einfach nicht mehr aus«. Weil die Leber sehr stark geschädigt war, konnten die Ärzte meinem Mann Beruhigungsmittel nur in ganz milder Dosierung verabreichen. Eine Lebertransplantation wurde in Erwägung gezogen.

Schließlich wurde mein Mann in die Charité verlegt. Er kam dort auf die Intensivstation. In dieser berühmten medizinischen Einrichtung hat unser Enkelsohn Florian gerade sein Examen zum Krankenpfleger absolviert. Meinem Mann ging es nach wie vor sehr schlecht. Es war ein großes Bangen und mehr als einmal hab ich gebetet »lieber Gott, gib, dass gefunden wird, welche Krankheit mein Mann hat. Lass ihn wieder gesund werden! Ich bitte von ganzem Herzen.« Die Ärzte gaben sich alle Mühe, aber bevor das Ergebnis der Knochenmark-Untersuchung nicht vorlag, konnte keine eindeutige Diagnose gestellt werden. Man wusste, dass es sich um eine schwerwiegende Infektionskrankheit handelt. Es wurde auch befürchtet, dass es sich um eine Krebserkrankung handeln könnte.

Die Charité in Berlin gehört zu den größten Universitätskliniken Europas. Hier forschen, lehren und heilen Ärzte und Wissenschaftler auf internationalem Spitzenniveau. Seltene und komplizierte Erkrankungen werden in Ausbildungsstätten wie der Charité den Medizinstudierenden und den Ärztinnen und Ärzten in Ausbildung vorgestellt. Darum wurde mein Mann gefragt, ob er zustimmt, dass seine Krankendaten und seine Krankengeschichte zu Lehrzwecken verwendet werden könnten. Er hat die Erklärung in krickeliger Schrift unterschrieben. Nach und nach kamen Ärzte und Studierende, um den Zustand meines Mannes zu begutachten. Sie ertasteten Milz und Leber, beide Organe waren riesengroß angeschwollen und erklärten, dass sie noch niemals so etwas bei einem anderen Patienten fühlen konnten. Obwohl mein Mann laufend Infusionen bekam, hatte er wahnsinnige Schmerzen und hohes Fieber. Die Beine waren schon stark angeschwollen.

Inzwischen war der 25.02.1997. Ich saß am Bett meines Mannes, als der Oberarzt der Intensivstation ins Zimmer kam und zu mir sagte: »so eben ist ein Fax von dem Krankenhaus, in welchem der Pathologe beschäftigt war, gekommen. Es handelt sich um die gefährliche Tropenkrankheit Leishmaniose.« Er las mir den Inhalt des Faxes vor. Im Moment konnte ich nicht klar denken, zu viel hatte ich schon mitgemacht. »Nun wird alles gut« sagte ich und erst ganz allmählich begriff ich, dass meinem Mann geholfen werden kann.

Der Pathologe hatte mit seiner Vermutung, es könnte Leishmaniose sein, also recht. Unter Leishmaniose versteht man eine tropische Infektionskrankheit, die durch den Stich infizierter Mücken (Sandmücken) entsteht. Kleine Parasiten werden durch den Insektenbiss auf den Menschen übertragen und verbreiten sich über die Zellen des Immunsystems im Körper der Menschen, vor allem in Haut, Milz, Leber und Knochenmark. Mein Mann ist an der schwersten der drei Formen erkrankt, an der so genannten Kala Azar. Bei dieser Form sind ein totales Organversagen und Blutverlust die Folge. D.h. das Blut versickerte einfach im Körper und niemand konnte erklären, wo es abgeblieben war. Nach der gesicherten Diagnose wurde mein Mann in die Tropenabteilung verlegt. Er bekam dort ein Einzelzimmer, obwohl eine Ansteckungsgefahr nicht bestand. Es drängte die Zeit, denn es wurden dringend Medikamente gebraucht. Pentostam hieß das Wundermittel, das in Deutschland damals nicht verfügbar war und das sofort nach der Bestellung aus England eingeflogen wurde. Wieder war nur warten angesagt. An alle diese Dinge kann mein Mann sich überhaupt nicht mehr erinnern. Er war voll da, wusste aber von nichts. Als das Medikament da war, bekam er es über einen Perfuser drei Wochen lang in bestimmter Dosierung zugeführt. Gleichzeitig bekam er Blutkonserven, Blutplasma und weitere Infusionen. Zu Anfang zehn Stück pro Tag. An einem Freitag begann diese Chemotherapie. Die bange Frage war: würde sie anschlagen, konnte mein Mann noch gerettet werden? Immerhin war er schon 51 Jahre alt. Wenn er das Wochenende übersteht, sagten die Ärzte, könnte er es schaffen.

An diesem Samstag kamen Karin und Werner, unsere Freunde aus Hamburg, zu Besuch. Sie konnten nicht glauben, was sie sahen. Meinen total abgemagerten Mann, der sie nicht erkannte. Werner hat ihn noch rasiert. Wir waren dann kurz einen Kaffee trinken. Sie sagten mir, dass sie kaum glauben könnten, dass mein Mann wieder gesund werden würde. Diese Aussage hat mich total umgehauen. Aber ich habe mich nicht unterkriegen lassen und habe weiter fest daran geglaubt, dass wir beide nach Spanien zurückfliegen würden, um unsere Arbeit dort weiter machen zu können.

Niemals werde ich die quälenden Stunden dieser Februartage vergessen. Zehn Jahre zuvor gab es auf der Station schon einmal so einen Fall. Entweder sind die Erkrankten verstorben oder gar nicht erst bis ins Krankenhaus gekommen. Wer denkt daran, dass in Europa überhaupt diese Tropenkrankheit, die kaum einer kennt, auftreten könnte. Indien, Asien, Afrika, Südamerika, aber auch der Mittelmeerraum sind ge-

fährdete Gebiete. Impfungen würden sich nicht loh-
nen, hieß es.

Zu den Sorgen und Nöten um die Krankheit meines
Mannes, die ich täglich hatte, stellte sich auch die Frage,
wer tritt für die aufwändige Behandlung ein. Zum Glück
hatten wir neben der gesetzlichen Versicherung auch eine
private Zusatzversicherung abgeschlossen. Wir sind in
Spanien versichert, die Behandlung erfolgt in Deutschland. Ich musste zahlreiche Telefonate führen, mal in
Englisch, mal in Spanisch und wenn ich Glück hatte,
dann in Deutsch. Die Versicherung wollte den Rückflug
sofort anordnen. Doch die Ärzte haben wegen akuter Lebensgefahr abgelehnt. Wieder musste telefoniert werden.
Manchmal wusste ich nicht, wo mir der Kopf steht.

Endlich war das Wochenende überstanden und mein
Mann lebte noch. Die dreiwöchige Chemotherapie mit
den Medikamenten, die aus England eingeflogen wurden, schlug an. Es begannen harte Wochen des Kampfes.
Doch die Medikamente schienen wirklich zu wirken.
Tagelang saß ich an seinem Bett und sprach mit ihm.
Andere Probleme kamen dazu. Die Ärzte stellten einen
starken Blutverlust fest. Trotz zahlreicher Blut- und Blut-
plasmatransfusionen stabilisierte sich das Blut im Körper
nicht. Der Erfolg war gleich Null. Man vermutete innere
Blutungen und um diese zu orten, wurde Magen- und
Darmspiegelung während der Chemotherapie angeordnet. Mein Mann lehnte diese Untersuchung vehement
ab. Er verlangte nach einem Rechtsanwalt, der ihn in seiner Meinung unterstützen sollte. Dass die Ärzte darüber
sehr erbost waren, lässt sich denken. Schließlich konnte
ich meinen Mann zu diesen Untersuchungen überreden.

Aber sie waren umsonst. Das Ergebnis war negativ. Es bestand nach wie vor Lebensgefahr. Mein Mann war todkrank. Ich war am Ende meiner Kräfte, ein einziges Nervenbündel.

Vor dem Abflug nach Deutschland hatte ich es leider versäumt, rechtzeitig Bargeld von meinem Konto abzuheben. Hier tauchten nun in Deutschland neue Probleme auf, mit denen ich nicht gerechnet hatte. Als ich mit meinem spanischen Postsparbuch in einem Postamt in Berlin Geld abheben wollte, verweigerte der Postbeamte die Auszahlung. Auch der Filialleiter konnte nichts tun, weil zwischen Deutschland und Spanien kein Abkommen bestand. Ja, wenn ich österreichische Schillinge auf dem Sparbuch hätte, dann hätte man mir diese in DM umgerechnet ausgezahlt. Wir hatten eine Visa-Card, die nicht zu nutzen war, weil ich die Flugtickets damit bezahlt hatte und unsere Bank in Spanien erst eine Freigabe veranlassen musste. Es ist nicht zu fassen, man hatte auf dem Konto genügend Geld und konnte trotzdem nicht daran kommen. Einen Kredit aufzunehmen, wäre wesentlich einfacher gewesen, meinte der Bankbeamte. Schließlich musste ich mir von meinen Kindern das notwendige Geld leihen. Heute wäre alles viel einfacher gewesen, wir haben den Euro, egal wo wir Geld von einer Bank abholen. Was ich eben schilderte, dauerte Tage, denn ich musste alle Wege mit dem Bus, der U-Bahn oder zu Fuß erledigen. Von der Charité aus mit öffentlichen Verkehrsmitteln sehr umständlich. Unsere Kinder wollte ich so wenig wie möglich belasten. Schließlich standen alle in einem Arbeitsverhältnis. Unsere älteste Tochter hatte ein paar Wochen zuvor erst ihr 5. Mädchen bekommen, aber Oma-Gefühle wollten bei mir einfach nicht aufkommen. Ich konnte es so regeln, dass ich trotzdem jeden Tag bei meinem Mann am Krankenbett war und mir die ständigen Fragen anhören musste »wo warst du denn so lange? Ich habe so auf dich gewartet.«

Es vergingen Tage und Wochen. Ganz langsam trat eine Besserung ein. Ende März trafen alljährlich in unserem Bungalow-Park die ersten Gäste ein. Einen Augenblick lang dachte ich daran, allein nach Spanien zu fliegen. Dann wieder dachte ich, dass ich es nicht übers Herz bringen würde, meinen Mann zurückzulassen. Plötzlich wollte er auch unbedingt nach Hause. Er hatte keine Geduld mehr. Jeden Tag sprach er mit den Ärzten: »Wie ist es mit dem nach Hause fliegen?« Von der Zusatzversicherung konnte ich den Rückflug für uns beide buchen. Die Fluggesellschaft verlangte aber die Genehmigung des behandelnden Arztes für diesen Flug, sonst könnte mein Mann nicht mit. Die Vorschriften waren sehr hart. Meine Nerven lagen blank. Ich musste alles per Telefon organisieren. Und mehr als einmal habe ich den Hörer aufgeknallt. Nur mit dem starken Willen, wir beide fliegen zusammen nach Spanien, konnte ich alles bewältigen.

Der behandelnde Arzt gab die Genehmigung zum Rückflug nach Spanien. Da die Augen meines Mannes noch gelb waren, schlug er vor, eine Sonnenbrille zu tragen. Der Abreisetermin wurde festgelegt.

Für mich gab es noch viel zu tun. Zu allererst wollte ich mich bei dem Pathologen bedanken, der die Diagnose herausgefunden hatte, aufgrund welcher mein Mann bereits nach zwei Tagen in die Charité verlegt wurde. Ich besorgte einen schönen Präsentkorb und schrieb meinen Dank auf eine Karte, den ohne diesen Arzt mit seinem Team, wäre ich garantiert bereits Witwe. Am letzten Sonntag im Krankenhaus sind mein Mann und ich in die Kapelle gegangen und haben gemeinsam gebetet. Den Krankenhauspfarrer kannten wir bereits, denn er war wiederholt ans Krankenbett meines Mannes gekommen und hat ihm Mut zugesprochen. Es wären alles Prüfungen, die den Menschen auferlegt werden, meinte er. Am Abreisetag bedankte ich mich bei den Ärzten und Schwestern der Station mit ein paar Nettigkeiten. Alle gaben sich große Mühe und hatten viel mehr für meinen Mann getan, einen wahnsinnig schwierigen Patienten, als sie mussten. Der Arzt gab meinem Mann Verhaltensmaßregeln mit auf den Weg, auf alle Fälle sollte er sich sofort bei seinem spanischen Arzt melden. Die Medikamente mussten weiter eingenommen werden.

Ein Taxi brachte uns zum Flughafen, mit der Iberia ging es dann über Barcelona nach Madrid und von dort aus sollte es mit einer kleinen Maschine nach Reus gehen. Mein Mann fühlte sich sehr schlapp, schließlich hatte er während der Krankenzeit über 15 kg Gewicht abgenommen. Auch wurde er zunehmend unruhig. Vor der Landung in Barcelona wollte er unbedingt das Flugzeug verlassen. Also sprach ich mit der Stewardess, ob es möglich sei, in Barcelona auszusteigen. Sie sagte: »Das müsse der Kapitän entscheiden!« Dieser erlaubte es uns. Unser Gepäck wurde herausgesucht und wir durften allein die Maschine verlassen. Ich war einfach nur dankbar. Mit einem Taxi sind wir dann die 120 km zu unserem Haus gefahren. Die Kosten, wir hatten ja Peseten, hielten sich in Grenzen. Wir waren wieder zu hause.

Einen Tag nach unserer Ankunft sind wir zu unserem Hausarzt gefahren. Er traute seinen Augen nicht, niemals hätte er es für möglich gehalten, meinen Mann lebend wieder zu sehen.

Unsere Tochter Christina, die einige Tage in Spanien geblieben war, auch um sich um Ronja, unsere Schäferhündin zu kümmern, war inzwischen wieder abgereist. Unsere Hündin hat dann über vier Wochen in ihrem Zwinger verbracht. Niemand durfte zu ihr. Unsere holländischen Nachbarn waren in diesem Winter früher nach Spanien gekommen. Sie haben unsere Ronja gefüttert. Die Jahre vorher haben wir auch immer gern ihre Katze versorgt. Somit hatte ich ein Problem weniger, wenn es auch nur ein Hund war, wir haben ihn geliebt und wussten ihn nun versorgt. Als wir dann nach Hause kamen und Ronja uns sah, spielte sie völlig verrückt, so groß war die Freude.

Seit diesem Winter sehen wir viele Dinge anders und fassen es so auf, als ob der liebe Gott noch einiges mit uns vor hat. Ich fühle mich richtig erleichtert und bin froh, etwas aufgeschrieben zu haben. Irgendwie habe ich das Gefühl, alles besser verarbeiten zu können.

Mein Mann hat heute noch mit vielen Nachwehen zu kämpfen. Die Leber ist geschädigt, auch der Darm funktioniert nicht so, wie vor der schlimmen Krankheit. Von der Chemotherapie ist auch die Wirbelsäule angegriffen und so treten in Intervallen starke Schmerzen auf, auch in den Zähnen. Man kann nichts dagegen tun und so muss mein Mann mit den Schmerzen leben. Ab jetzt geht mein Mann nie mehr in der Dämmerung in kurzer Hose nach draußen. Und jede Mücke, wo sie auch saust, wird erst zur Strecke gebracht. Freie Körperstellen, Arme, Beine oder Gesicht werden im Sommer immer eingecremt. Also die Angst ist ständig da, wieder von einer infizierten Sandmücke erwischt zu werden.

Studien gibt es bisher darüber nicht. Wir sind gebürtige Hamburger, so zog es uns wieder zurück in den Norden Deutschlands. Seit 2006 wohnen wir in Braunlage im Harz. Inzwischen sind wir Rentner, aber immer noch sehr aktiv und meistens guter Dinge. Heute, wo ich meine Aufzeichnungen beende, sind wir 43 Jahre verheiratet. Wir wünschen uns, dass wir unsere goldene Hochzeit noch im Kreise unserer Familie feiern können.

5. Volksfestzeiten in Bayern – hautnah dabei

Nach der Tropenkrankheit meines Mannes in Spanien haben wir viele erfolglose Versuche unternommen, um auf dem deutschen Arbeitsmarkt wieder Fuß zu fassen, was uns leider nicht gelungen ist. Wenn es auch nicht direkt gesagt wurde, vermuteten wir die Absagen aus Altersgründen, wir waren ja inzwischen schon über 52 Jahre alt. Genannt wurden aber Begründungen, wir seien zu überqualifiziert und dadurch zu teuer. Zudem seien wir zu lange aus dem erlernten Beruf heraus gewesen. Um nicht in Arbeitslosigkeit zu geraten, sind wir dieses auch für uns ganz neues Leben in der Schaustellerbranche eingegangen. Zufällig entdeckten wir die Ausschreibung für Mitarbeiter in einem Festzelt in Landshut. Die Stadt war uns ja bekannt. Leider wurden diese Stellen immer nur befristet von April bis September angeboten. Dennoch haben wir uns beworben, wurden auch ausgewählt und eingestellt und haben zehn Jahre dort gearbeitet.

Was ich noch unbedingt zu Papier bringen möchte, sind unsere zehn Jahre Arbeit in einem bayrischen Festzelt. Für so Nordlichter wie wir, bayrisch gesagt Preußenkinder, war das ein Riesenerlebnis. Erst einmal hatten wir ständig Schwierigkeiten mit der bayrischen Sprache, die für die Bewohner dort, die einzig richtige Sprache zu sein scheint. Trotz der langen Aufenthaltszeit konnten wir uns über die Jahre nicht an diesen Dialekt gewöhnen. Jedoch lernten wir mit der Zeit, uns an die Aussprache zu gewöhnen. Fehler bei der Bestellaufnahme konnten so mit der Zeit vermieden werden.

Mein Mann und ich waren bei einem schon 25 Jahre bestehenden Familienunternehmen angestellt. Zuerst starteten wir in Landshut, Niederbayerns Hauptstadt. Eine wunderschöne Stadt mit ca. 50.000 Einwohnern. Hier ging es immer 14 Tage nach Ostern los. Schon eine Woche vorher wurde das Festzelt aufgebaut, in dem ungefähr 4000 Menschen Platz hatten. Man kann sich kaum vorstellen, wie viele Handgriffe nötig waren, um so ein großes Zelt aufzubauen. Nachdem auch das »Innenleben« eingebaut war, kamen wir zum Einsatz. Unser Arbeitsgebiet war ja im Verkauf.

Mein Mann als Griller von Hähnchen, Rollbraten und Haxn. Ich hatte Würstl, Currywurst und Pommes sowie am Sonntag Weißwurst anzubieten. Zu unseren Aufgaben zählten auch die vorbereitenden Arbeiten und an jedem Abend das zwar wichtige, aber doch sehr anstrengende und für mich grausame Putzen der Grills und des gesamten Arbeitsplatzes nach diesen langen Verkaufstagen.

Außerdem gab es in diesem Zelt noch einen Stand mit Käse, Wurstsalat, Fisch- und Leberkässemmeln, Sülze und Brotzeitteller. Vor jedem Stand wurden zusätzlich Brezen verkauft, die zum Bier ideal passen.

Wenn Ostern näher rückte, wurden wir schon kribbelig. Wir hatten auf einmal wieder die unverkennbaren Gerüche des Volksfestes in der Nase: gebratene Mandeln, Lebkuchen, Apfeltaschen, Bratwurste und gegrillte Steckl-Fische. Außerdem hörten wir schon die Musikklänge beim Aufbauen der Autoscooter, des Riesenrades,

der Kettenflieger und Kinderkarussells. Eine Superneu-
heit war auch immer unter den Fahrgeschäften dabei.

Der ganze Festplatz musste zum Festbeginn einsatzfä-
hig gemacht werden. Als erstes wurden die Wohnwagen
an die richtige Stelle gebracht und alles wurde angeschlossen. Die allgemeine Hektik, bis die Schießbuden,
Verkaufsstände, Losbuden, Geisterbahn und die anderen
Fahrgeschäfte aufgebaut waren, erfasste einfach jeden.
Jeder angemeldete Schausteller, der seine Gebühren bei
der Stadt gezahlt hatte, was ziemlich teuer war, bekam
seinen Platz nach einem Millimeter genau ausgefeilten
Plan zugewiesen. Schon im Herbst vorher wurde in großer Runde besprochen, wer wieder dabei sein würde. Es
musste sich immer vorher im Rathaus beworben werden,
und es gab ständig mehr Bewerber.

Doch nun wieder zurück ins Festzelt.

Die Lastwagen mit Geschirr und Besteck mussten
abgeladen und auf die Küche und Verkaufsstände ver-
teilt werden. Gleichzeitig mussten die Grills an Gas und
Strom angeschlossen und mit Alufolien belegt werden.
Dann wurden Senf, Ketchup, Zucker, Salz und andere
Gewürze aufgefüllt, das Geschirr und Besteck gewa-
schen und verräumt. Fritteuse, Kaffeemaschine und
andere Kleingeräte wurden ebenfalls startklar gemacht.
Und zum Schluss brachte der Bäcker noch einen großen
Ofen zum Brezel- und Brötchenbacken.

Der Freitag rückte näher, es war Festbeginn. Die Fest-
wirte und die Bedienungen marschierten angeführt vom
Bürgermeister unter Musikklängen durch die Stadt zum
Festplatz und läuteten auf diese Weise das Fest ein. Um
19.00 Uhr nach dem Umzug, wurde vom Bürgermeister

das Bierfass angeschlagen. Dabei war nur interessant, wie viele Schläge er brauchen würde. Je weniger, desto besser. Die Musikkapelle spielte auf und das Fest war eröffnet.

Jetzt waren für uns die Großkampftage eingeläutet. Die Leute strömten ins Zelt und es war mit der Ruhe vorbei. Aber endlich ging es los und für zehn Tage war Schlaf die schönste Nebensache der Welt.

Wer im Festzelt mitarbeiten wollte, musste stresserprobt sein. Wir haben alle Preise im Kopf gehabt und auch zusammengerechnet, nichts war mit Taschenrechner oder Kasse. Schnelligkeit, Freundlichkeit und natürlich Verkauf von wohlschmeckender, frischer Ware war oberstes Gebot.

Auch Lärm musste man gut aushalten können. Notfalls gab es ja Oropax. Tausende Leute, die an Tischen saßen und viele Menschen, die häufig ins Zelt hinein oder aus dem Zelt heraus gingen und dabei sich natürlich auch viel zu erzählen hatten. Dazu eine Bühne mit ständig lauter Musik. Erst in der letzten Zeit wurden die erlaubten Dezibel kontrolliert. Manchmal dachte ich, es geht hier zu, wie auf einem Open-Air-Konzert. Aber es war eine außergewöhnliche einmalige Atmosphäre, die man sogar vermissen konnte, wenn die Saison vorbei war.

Vor dem Zelt hatten wir noch einen Riesengarten mit großen Linden- und Eichenbäumen. Bei Hitze natürlich ein schöner Schattenplatz und sehr urig.

Etwa 50 Bedienungen alle gleich gekleidet mit blauen Dirndel mit roter Schürze kamen laufend zum Essenholen an den Tresen. Auch konnten die Gäste sich selbst selbstständig mit Essen versorgen. Nicht nur zu

Spitzenzeiten standen große Menschenmassen vor uns. Dann war das nicht mehr alleine zu bewältigen, und so war dann auch Harry dabei, ein wirklich netter junger Mann.

Es gab Altennachmittage, wo die Stadt Hähnchen und Bier für Senoren ab 70 Jahre spendiert hat. Außerdem traten prominente Sänger und Kapellen auf. Und viele Jubiläen, z. B. 100-jährige Vereinsjubiläen mit Gästen aus nah und fern wurden gefeiert. Am Sonntag Boxkämpfe und andere Darbietungen. Am zweiten Freitag konnte man eine Versteigerung miterleben. Aber auch politische Versammlungen und sogar Gottesdienste wurden im Zelt abgehalten.

Immer mittwochs, schon seit fast 25 Jahren, spielte die beliebte Showkapelle »Topsis«. Schon ab nachmittags wurden von den Gästen für diesen Event die Plätze besetzt. Vorbestellungen gab es an diesem Tag nicht. Ab 19.00 Uhr bis pünktlich 23.00 Uhr war der Auftritt. Es wurde auf den Tischen und Bänken getanzt und mitgesungen. Einige Bedienungen konnten sich dann nur noch mit Trillerpfeifen Platz zum Biertragen verschaffen. Damit auch niemand verdurstete, trugen sie immer mindestens 12 Maß auf einmal. Regelmäßig kam es nach diesem Abend auch zu Schlägereien. Wir alle waren immer froh, wenn diese Nacht überstanden war, auch wenn am Abend eine großartige Stimmung herrschte. Der Chef freute sich über den Bier-Umsatz und sogar wir am Verkaufstresen bekamen mehr Trinkgeld wie an anderen Tagen. Regelmäßig waren auch Tische und Bänke zerschlagen oder zusammengebrochen vom drauf herumturnen. Aber trotzdem war es ein Riesengaudi, dabei sein zu können.

Jeweils freitags abends um 21.30 Uhr gab es ein Feuerwerk. Einmal wurde dies von den Schaustellern gesponsert und einmal von der Stadt.

Am Sonntagmorgen wurde Weißwurstessen angeboten. Dazu gab es süßen Senf und kleine Brezen. Das war eine Wissenschaft für sich. War man kein Bayer, konnte man sowieso nicht die Weißwurst in genauer Temperatur auf den Teller bringen, geschweige denn richtig essen. Die Kunden waren unheimlich wählerisch. Zu kalt, zu warm, eben nicht mundig. Bis das alles perfekt war, musste man schon Jahre ausgebildet sein. Die Weißwurst darf nach bayerischem Grundsatz das 12-Uhr-Läuten nicht erleben, sonst würde sie sauer werden. Naja, was soll's, jeder wusste ja, auch dieser Sonntagmorgen geht einmal vorüber und alles verläuft wieder normal.

Der zehnte Tag war der letzte Tag, abends Ausklang. Alles musste verpackt, aufgeräumt, geputzt und wieder auf die Lastwagen verladen werden. Der ganze Festplatz war in Aufruhr. Überall Geklapper und natürlich auch Geplapper, denn bei fast allen Schaustellern fing schon ein paar Tage später am anderen Ort, vielleicht sogar viele Kilometer entfernt ein neues Fest an.

Bei uns ging es nach Mammendorf über 180 km von Landshut entfernt in Oberbayern. Alles begann von vorn. Zeltaufbau, dann wieder Herrichten im Inneren. Mit den Kollegen haben wir uns gut verstanden. Sie kamen aus Bulgarien, Rumänien, Tschechien und natürlich auch aus Deutschland. Das war schon wichtig, man musste sich auf alle verlassen können, sonst konnte der »Laden« nicht laufen, wie man so sagt. Auch haben wir viel Spaß gehabt, wenn auch manchmal die

Fetzen flogen. Erwähnen muss ich noch die entsetzliche Hitze, die beim Grillen auszuhalten war. Hinter mir vier Hähnchengrills, neben mir rechts der Würstlgrill und links die Pommesbraterei, dazu noch die Sommerhitze im Zelt. Das alles war oft unerträglich und ich glaubte fast, wegzuschmelzen. Viel trinken war angesagt, aber oft war noch nicht einmal Zeit dafür. Ich könnte mir vorstellen, dass sich so wohl die Menschen in der Wüste fühlen. Des Öfteren hatten wir auch schwere Gewitter mit Sturm. Dann mussten wir alle schnell das Zelt schließen, die Gäste blieben im Zelt. Damit das Zelt nicht zusammenbricht und damit nicht noch jemand verletzt werden würde, haben die Beschäftigten das Zelt von innen gesichert.

Die Beschäftigung an diesem für uns ungewöhnlichen und nicht alltäglichen Arbeitsplatz war hochinteressant. Wir haben viele Menschen kennengelernt und wunderschöne Landschaften. Durch diese verschiedenen Arbeitsorte hatten wir die Möglichkeiten ohne einen Urlaub buchen zu müssen, in der Freizeit Sehenswürdigkeiten wie die Königsschlösser in Füssen oder die Landschaft um den Ammersee zu besuchen. Pro Saison waren wir bei ca. 10 Festen an verschiedenen Orten dabei. Immer zu Pfingsten waren wir in z.B. Wörth. Dort fanden gleichzeitig Handwerksmesse und ein Flohmarkt statt. Also Jubel und Trubel, der schon frühmorgens begann.

Unbedingt wollte ich diese Erlebnisse weitergeben, weil ich denke, viele Menschen gehen dorthin, sie wissen aber nichts Genaues über den Ablauf. Jeder sieht nur die schon aufgebauten Karussells, Buden und Zelte und kann sich nicht vorstellen, was alles nötig ist, um so ein Volksfest zu gestalten. Ich war dabei und habe alles hautnah miterlebt, was für ein Einsatz dazugehört, damit alles klappt und die vielen Gäste nicht nur kommen, sondern auch wiederkommen und sich superwohl fühlen. Außerdem möchte ich den oft anrüchigen Gedanken wegwischen, dass die Schausteller schon durch das Leben im Wohnwagen so eine Art Zigeuner sind. Es ist nur ein ganz anderes, aber auch hartes und fröhliches Leben.

Inzwischen sind wir seit knapp einem Jahr in Rente und nicht mehr dabei. Die Feste aber gehen weiter und wir hoffen, dass viele Menschen daran auch in Zukunft ihren Spaß haben werden.

6. Herzinfarkt – wieso gerade ich?

Vor vier Wochen feierte ich meinen 61. Geburtstag. Heute ist der 31.01.2007 und es ist sehr kalt. Nichts deutet auf irgendwelche außergewöhnlichen Veränderungen hin. Mein Mann hatte seit ein paar Tagen Stress mit der Bausparkasse, die unser eingezahltes Geld nicht bzw. noch nicht auszahlen wollte. Wir brauchten es aber, weil wir im Harz eine Eigentumswohnung erworben hatten. Natürlich haben wir uns sehr aufgeregt. Es ging immer hin und her. Und ich denke, dass mich diese Situation mit in die spätere Gesundheitslage gebracht hat. Wir konnten und wollten einfach nicht verstehen, dass mit unserem Geld so vorgegangen wurde. Schließlich bekamen wir eine positive Zusage der Bausparkasse. Abends bin ich wie immer so um 23.00 Uhr ins Bett gegangen und habe noch eine halbe Stunde gelesen. So um 2.30 Uhr bin ich aufgewacht, es war inzwischen der 01.02.2007. Mir war plötzlich sehr übel, so als ob ich mich übergeben müsste. Ich also aus dem Bett und zur Toilette. Mein Mann war am Schnarchen und ich wollte ihn nicht wecken. Irgendwie wurde mein Zustand nicht besser und wie im Trance habe ich im Nachtschrank eine Aspirin-Tablette gesucht, gefunden und genommen. Danach bin ich wieder ins Bett zurückgekehrt. Dass ich ärztliche Hilfe brauchen könnte, kam mir nicht in den Sinn. Wird schon wieder, war mein Gedanke. Morgens dann beim Frühstück, sagte mein Mann zu mir, wie siehst du denn bloß aus. Total blass, einfach schrecklich. Bitte gehe zum Arzt. Immer noch lehnte ich es ab.

Meinen Mann habe ich dann nach Goslar geschickt, er sollte beim Finanzamt unsere fertig ausgefüllte Steuererklärung abgeben. Inzwischen habe ich den Kaffeetisch abgedeckt und mich angezogen. In den Spiegel habe ich nicht gesehen. Mir ging es miserabel. Und bei Rückkehr meines Mannes sind wir doch zum Arzt gefahren. Endlich. Er hat Puls und Blutdruck überprüft und ein EKG gemacht. So richtige Veränderungen waren nicht zu erkennen, aber mein fürchterliches Aussehen veranlasste ihn dazu, mich per Krankenwagen ins Krankenhaus einliefern zu lassen. Sachen von zu Hause durfte ich nicht mehr holen. Plötzlich kam Panik auf, bei mir und bei meinem Mann. Ca. 40 min später war ich in der Klinik in Goslar. Der Blutdruck war zunächst im Keller, dann über 200 hoch. Gleich bekam ich eine Nitrokapsel zum Zerbeißen und Heparin zur Hemmung der Blutgerinnung verabreicht. Verdacht auf Herzinfarkt. Es wurde eine Katheter-Untersuchung angeordnet. In meinem irren Wahn dachte ich noch, dass ich gleich wieder mit meinem Mann nach Hause fahren konnte, der mit dem Auto hinter dem Krankentransport hergefahren war. Daraus wurde natürlich nichts. Nach verschiedenen Untersuchungen wurde durch die Einführung eines Katheters in die Beinvene auf einem Monitor nach Kontrastmittelinjektion mein Herz sichtbar gemacht. Man konnte alle Verzweigungen (wie Äste am Baum), die immer in Bewegung waren, sowie eventuelle Verengungen feststellen. Nicht ich, sondern nur ein erfahrener Facharzt konnte dieses herausfinden. Für mich war das Beobachten der eigenen Herzbewegung ein faszinierender Anblick.

Stent oder Bypass mussten nicht eingesetzt werden. Ich erhielt eine konservative Behandlung. D.h. mir wurden verschiedene Tabletten verschrieben, die auch auf Dauer genommen werden müssen. Später habe ich erfahren, dass es sich um einen schweren Vorderwandinfarkt handelte. So eine Art plötzlicher Krampf. D.h. meine Arterien waren nicht entscheidend verkalkt. Bei Frauen sind bei einem Infarkt andere Symptome zu erkennen als bei Männern. Nach der Katheteruntersuchung wurde das Bein stramm gewickelt und für mindestens 24 Stunden durfte ich es nicht bewegen, was mir sehr schwer fiel. Danach kam ich auf die Intensivstation und wurde an viele Geräte angeschlossen. Das sah alles ziemlich unheimlich aus. Ärzte und Pfleger waren umwerfend fürsorglich. Ein ungutes Gefühl war immer mit dabei. Ich glaube, man nennt es Angst. Für mich war das Radio über dem Bett eine Art Beruhigungsmittel. Die Musik des NDR 2 entspannte mich und verschaffte mir Angstlösende Momente.

Mein Mann war inzwischen nach Hause gefahren, um Sachen für mich ins Krankenhaus zu bringen. Mich besuchen konnte er jedoch erst am nächsten Tag. Morgens hatte er angerufen und mir gesagt, dass er mich nicht verlieren möchte. Er sagte es unter Tränen, weil er mich liebt und doch noch länger braucht. Das hat mir Mut zum Durchhalten gegeben. Den Kindern sollte mein Mann nichts sagen. Ich habe es direkt von ihm verlangt. Alle drei wohnten und arbeiteten zu diesem Zeitpunkt in Berlin. Es wäre also nur mit Schwierigkeiten verbunden gewesen, wenn sie mich besuchen wollten. Sie haben es mir sehr übel genommen. Aber für mich war es die richtige Entscheidung. Nach zwei Tagen Intensivstation wurde ich auf ein Zimmer auf der Inneren Station verlegt. Mir ging es langsam besser. Wieder zwei Tage später bekam ich Schmerzen im Brustkorb. Also sofort zurück auf die Intensivstation. Der Oberarzt ordnete nach einem Tag Verweildauer eine Magenspiegelung an. Ergebnis: Entzündung der Speiseröhre zweiten Grades. Also weitere Medikamente in Tablettenform schlucken. Viele verschiedene Untersuchungen wurden angesetzt: Blutabnahme, Langzeit-EKG und Röntgen aller Organe. Dann wurde mir nahe gelegt, eine Rehabilitationsmaßnahme, also eine Anschlussheilbehandlung folgen zu lassen. Die Krankenkasse wurde vom Krankenhaus informiert und um Zustimmung gebeten, die sie auch gab. Nach neun Tagen, es war gerade ein Wochenende, wurde ich nach meinem Drängen aber mit ärztlicher Zustimmung nach Hause entlassen. Natürlich musste ich vorher noch Übungen machen. Erst am Bett, dann im Zimmer und schließlich auch auf dem Flur mit Treppensteigen. Am Montag sollte ich dann beim Hausarzt vorstellig werden und dann auf einen Termin für die Reha warten. Drei Wochen würde die Behandlung dauern. Ende März wollte ich wieder arbeiten. Sicher war das ein vermessener Gedanke, aber mein Mann und ich hatten die Arbeit im Festzelt in Bayern schon zugesagt und wollten nicht absagen. Es wurde dann auch die letzte Saison für mich. Der Stress dort war viel zu groß für meinen Zustand. Mein Blutdruck war schon vor dem Infarkt zu hoch und ich musste dagegen Tabletten einnehmen. Bei der Blutabnahme im Krankenhaus wurde auch ein viel zu hoher Cholesterin-Spiegel ermittelt. Zudem hatte ich ein wenig Übergewicht. Durch Ernährungsumstellung und viel Bewegung konnte ich mein Gewicht um zehn Kilogramm reduzieren. Nur das Rauchen, was laut Arztaussage, dringend einzustellen wäre, konnte ich noch nicht gänzlich aufgeben, aber um einiges minimieren.

Ich wollte unbedingt einen Therapieplatz in der Nähe haben, damit mein Mann mich öfter mal besuchen kommen konnte. In Bad Suderode / Sachsen-Anhalt war ein Platz frei. Dort fing an einem Donnerstag meine Kur an. Es war eine tolle Klinik, wunderschön gelegen, mitten im Wald. Jeder Patient bekam ein eigenes Zimmer zugeteilt. Mit Fernseher und Radio sowie Dusche und Toilette integriert. Gleich beim Einlieferungstag bekam man eine Arztuntersuchung. Danach wurde ein Zettel zusammengestellt, der für jeden Patienten individuell ausgearbeitet war. Und zwar mit verschiedenen Aufgaben, die man zu absolvieren hatte. Z.B. Atemübungen, Ergometerfahren, Gymnastik, Schwimmen und Gruppentherapie sowie Gespräche. Also jeder hatte immer etwas zu tun. Spätnachmittags war dann frei für Kaffeetrinken, Spaziergänge oder einfach nur lesen oder Ansichtskarten schreiben. Auch wurden Fahrten in die nähere Umgebung angeboten. Natürlich gab es einen Essraum, wo zu bestimmten Zeiten ein abwechslungreiches Essen angeboten wurde. So ungefähr 300 bis 400 Personen hatten dort Platz. Man konnte Menschen aller Altersgruppen kennenlernen und gleichzeitig viele, manchmal sehr schwere Schicksale erfahren. Zu meiner Zeit kamen die meisten Patienten aus der ehemaligen DDR. Nur vier waren aus der ehemaligen BRD angereist. Dieses Verhältnis hat mich total überrascht. Aber die ostdeutschen Bürger wollten auf keinen Fall in eine westdeutsche Kurklinik, dort wären alle so hochnäsig und man müsste sich am Tag dauernd umziehen, also fühlte man sich fehl am Platz. Das wurde von Menschen erzählt, die solche Erlebnisse hatten. Umgekehrt wollen auch die Westdeutschen nicht in die neuen Bundesländer zur Kur. Das hat mich wirklich sehr betroffen gemacht. Es ist also immer noch nicht zusammengewachsen, das neue Deutschland Ost und West.

Meine Gesundung ging allmählich voran, inzwischen war ich schon sehr viel belastbarer. Mein Mann hat mich so alle zwei Tage besucht. Die Kinder hatte ich noch immer nicht informiert, das wollte ich erst tun, wenn ich wieder zu Hause bin und den Infarkt als überstanden beschreiben konnte. Schließlich hatte ich die drei Wochen in der Kur geschafft. Natürlich konnte mir niemand sagen, ob ich wieder erwischt werden könnte. Das macht natürlich ängstlich und unruhig zugleich. Ich habe mir fest vorgenommen, mit meinem Mann und einschließlich unserem Hund noch viel zu reisen, denn wer weiß, wie lange man noch Kraft und Zeit hat, dieses zu tun. Lebenslang wurde mir Medikamente zu schlucken nahe gelegt und in Abständen eine ärztliche Betreuung durch einen Kardiologen, denn das Herz ist ja der Motor des Menschen und ohne den geht nichts mehr. Aber zuerst habe ich mich wieder an die Arbeit gemacht, wenn sie auch stressig war, hat sie mir doch gefallen. Ein Jahr später bin ich dann in Rente gegangen und nun will und muss ich mein Leben umstellen.

Reisen, Bücher schreiben und sozialer Einsatz werden mein zukünftiges Leben von nun an beherrschen. Mal sehen, wie alles zu vereinbaren ist. Denn wie heißt es so schön, die Hoffnung stirbt zuletzt.

Inzwischen bin ich auch Mitglied bei der deutschen Herzstiftung geworden, von dort bekomme ich viele Informationen und wertvolle Tipps über neue Erkenntnisse rund um das Herz zugeschickt, was ich sehr begrüße.

7. Anne Will – Unser erster Fernsehauftritt

Eines Tages ca. Mitte Dezember klingelte mittags das Telefon. Ich nahm den Hörer ab und hörte total erstaunt: »Hier ist die Redaktion Will-Media-Berlin. Wir suchen für unsere Sendung am 04.01.2009 ein Rentnerehepaar zum Thema Gesundheitsfond. Wissen Sie jemanden oder würden Sie selbst bei uns mitmachen?«

Nachdem ich mich vom ersten Schreck erholt hatte, sagte ich, ich werde mit meinem Mann sprechen und zurückrufen. Dann habe ich die Telefonnummer notiert, könnte ja auch eine Finte sein. Sicher ist sicher, man hört ja heute so viel. Später habe ich zurückgerufen und zugestimmt. Als erstes sollten wir ein Foto via E-Mail schicken. Unsere Tochter hat ein Bild von uns gemacht und da wir weder Computer noch Internet haben, hat sie es übernommen, das Foto an die Redaktion zu mailen. Einen Tag später hat die Redaktionsmitarbeiterin Antonia mit uns lange Gespräche geführt. 1,5 Stunden mit meinem Mann und ebenso lange mit mir. Über alles Mögliche wurde gesprochen. Wie und was man so über verschiedene Dinge denkt. Die Ergebnisse dieser Interviews wurden innerhalb eines Redaktionsmeetings besprochen und für gut befunden, so dass wir tatsächlich ausgewählt wurden, um an der Polittalksendung Anne Will auf dem Sofa teilzunehmen.

Die Redaktions- und Produktionsleitung stand kurz vor ihrem sicherlich wohlverdienten Weihnachts- und

Silvesterurlaub, deshalb ging alles sehr schnell: wir bekamen die Zusage und einen Vertrag. Ein Hotelzimmer war gebucht und Hin- und Rückfahrt abgestimmt. Wir sollten von einem Fahrer direkt zu Hause abgeholt und nach Berlin gefahren werden.

Der 04. Januar rückte immer näher und wir wurden zunehmend nervös. Antonia von der Redaktion hatte uns sogar ihre Handy-Nr. gegeben, damit wir sie jederzeit, wenn wir irgendwelche Fragen oder Probleme hätten, anrufen könnten. Das fanden wir richtig fürsorglich.

In Braunlage fand an diesem Wochenende 03./04.01.2009 ein internationales Skispringen statt. Viele Wintersportler und Gäste aus nah und fern haben deshalb den kleinen Ort bevölkert. Bestimmte Zufahrtsstraßen wurden abgesperrt und wir waren schon in Sorge, da wir ja abgeholt werden sollten, dass der Fahrer nicht zu uns durchkommen würde. Außerdem schneite es schon seit Stunden. Aber es klappte alles und pünktlich um 12.00 Uhr konnten wir losfahren. Der Fahrer war ein netter junger Mann, der auf uns einen beruhigenden Eindruck machte. Um ca. 16.00 Uhr sind wir in Berlin Adlershof angekommen. Für Viertel vor acht wollte der Fahrer wieder vor der Tür des Hotels stehen, um uns zum Sender zu fahren.

Nach der Anmeldung an der Rezeption bekamen wir die Schlüssel für unser vorbestelltes Zimmer im 4. Stock. Erst einmal haben wir dann diskutiert, wer wo schlafen möchte. Lieber am Fenster oder lieber an der Tür. Aber das war schnell geklärt. Dann die Sachen ausgepackt und in den Schrank gelegt bzw. gehängt. Wir hatten ja noch ein paar Kleinigkeiten für die Kinder und Enkel dabei, die in Berlin wohnen. Am nächsten Morgen wollten wir uns mit Ihnen treffen. Würde nur erst einmal der nächste Tag sein, hätten wir unseren Auftritt schon überstanden.

Nach einem kleinen Erkundungsspaziergang sind wir kurz eingekehrt, haben uns einen Salatteller gegönnt und sind dann zum Umziehen ins Hotel zurückgekehrt.

So langsam kamen die Nerven ins Spiel. Ob wir wohl alles richtig machen werden? Uns nicht versprechen? Richtig gekleidet sind? Pünktlich wurden wir wieder abgeholt und zum Sender gefahren. Dort wurden wir schon erwartet und von unserer Betreuerin Antonia in Empfang genommen. Jeder Schritt war geplant. Zuerst haben wir unsere Jacken abgelegt, danach wurden wir in einen Raum geführt, wo wir uns setzen konnten .Wir wurden verschiedenen Leuten vorgestellt und es wurden Getränke und Häppchen angeboten. Essen konnten wir beide aber nicht. Nacheinander trafen auch die anderen Gäste der Sendung ein. Zuletzt die Ministerin Ursula Schmidt, die gleich in die Maske gebeten wurde. Im Schlepptau ihre Bodyguards. Alles rollte wie im Film ab. Dann wurden wir in den Sendungsraum gebeten, sollten auf dem Sofa Platz nehmen und eine Sprechprobe abgeben und wurden anschließend verkabelt. Wieder zurück zum Treffpunkt, etwas getrunken und dann ging es in die Maske.

Alle haben sich wirklich einfühlsam um uns gekümmert. Voran Katharina von der Produktionsleitung. Inzwischen hatten auch schon die Zuschauer Platz genommen. Unsere Tochter Claudia und unsere Enkeltochter Wiebke waren unter ihnen, sie saßen in der ersten Reihe. Um 21.45 Uhr begann die Sendung.

Vor dem Reingehen wurden noch unsere Nasen und natürlich auch die der anderen eingeladenen Talk-Gäste gepudert.

Anne Will hatten wir bis zu diesem Zeitpunkt noch nicht zu Gesicht bekommen. Erst kurz bevor die Gesprächsrunde beginnen sollte. Nach dem Tatort spielte die bekannte Musik, und wir waren auf Sendung. Mir sank das Herz in die Hose. Schon der Gedanke, dass ja Millionen Menschen aus dem In- und Ausland zuschauen würden, ließ mich beinahe vom Sofa fallen. Meinem Mann ging es da nicht viel anders. Zuerst wurde die Gästerunde den Zuschauern vorgestellt, und alle sagten ihr kurzes Statement.

Nach ungefähr 15 Minuten setzte sich Frau Will zu uns auf das Sofa und stellte verschiedene Fragen, wie wir als Rentner den Gesundheitsfond sehen und wie wir die verschiedenen Veränderungen finanziell gesehen verkraften können. Es war eine ganz lockere Runde, in der jeder seinen Standpunkt vertreten hat. Allmählich wich bei uns das Lampenfieber. Hinterher hatten wir aber den Eindruck, dass wir noch vieles hätten sagen können, wozu wir aber gar nicht gekommen sind, denn die Fragezeit war knapp bemessen für die eine Stunde Sendezeit. Aber alles ist gut gegangen, unsere Ängste waren unbegründet.

Im Anschluss an die Sendung fand ein kleines Zusammensein mit allen Beteiligten statt. Auch unsere Tochter und Enkeltochter wurden mit eingeladen. Es wurden Fotos gemacht. Und wir ließen es uns natürlich nicht nehmen, um Autogramme zu bitten, die wir dann auch bekommen haben; eine schöne Erinnerung.

Bei Wein und leckeren Häppchen haben wir interessante Gespräche geführt. Für uns ein unvergessliches Erlebnis. Wofür wir uns auch ganz herzlich bedankt haben, später dann auch per Brief. Ich glaube, dass ich bestimmt ein Glas Wein zu viel getrunken habe, denn am nächsten Morgen schmeckte mir das reichhaltige Frühstück im Hotel nicht so richtig. Leider, leider! Nachts um halb eins hatte uns der Fahrer wieder ins Hotel gebracht und auch die Kinder mit Erlaubnis von Anne Will nach Hause gefahren. Das fanden wir total nett.

Am nächsten Vormittag haben wir uns noch mit unseren Kindern im Cafe Möhring getroffen. Nachmittags sind wir dann wieder mit dem Zug nach Braunlage zurückgefahren.

Ein paar Tage später bekamen wir Post von Anne Will mit einer DVD-Aufzeichnung vom Sonntag. Sie schrieb dazu, dass wir uns sicher mal wiedersehen würden, da dem ganzen Team und ihr unser Einsatz stark imponiert hatte.

8. Mit dem Wohnwagen unterwegs – das Mittelmeer ruft

Abfahrt in Braunlage Freitag, den 29.10.2010 um 10.30 Uhr.

Wir, mein Mann und ich sind mit unserer Hündin Ronja per Auto mit Wohnwagen losgedüst. Die erste Nacht haben wir auf einem Autohof in der Nähe von Freiburg, in Achern verbracht. Wir konnten gut schlafen, weil wir von den Reisevorbereitungen schon ziemlich geschafft waren. Den Wohnwagen herrichten und dann packen mit Kleidung für kalte und warme Tage. Tabletten, die wir inzwischen aus Alters- und Krankheitsgründen schon täglich zu nehmen haben. Leider. Für den Hund, genügend Futter, Leckerlis, Bürste und Papiere mit Pass über die wichtigen Impfungen. Werkzeug, falls mal ein Haken abfällt usw. Natürlich durften wir die Warnwesten nicht vergessen, die in Spanien Pflicht sind, 1. Hilfe Kasten, Warndreieck, Kurbler, Ersatzreifen für Auto und Wohnwagen. Zu Hause musste vorher schon vieles bedacht werden. Was muss noch bezahlt werden? Zahnarzt aufsuchen wegen Stempel für Kontrolluntersuchung, Grippeimpfung vom Hausarzt. Für Lebensmittel sorgen, Handy einpacken, Bücher und Nähzeug. Zuletzt dann Strom und Wasser abstellen. Irgendwie hatten wir schon nach diesen vielen Vorbereitungen kaum mehr Lust und wir dachten daran, einfach alles abzubrechen. Aber schon im nächsten Augenblick kam das Reisefieber wieder auf und der Wunsch auf neue Eindrücke. Wenn nicht jetzt, wann dann?

Demnächst werden wir beide jeweils 65 Jahre. Mein Mann im November und ich im Januar. Seit 2 Jahren sind wir in Rente und das Arbeitsleben war geschafft, also warum nicht mal auf Reisen gehen. Heute ist der 1. November und wir haben Frankreich hinter uns gelassen. Hemmungen hatten wir reichlich. Schafft unser alter Ford Mondeo die vielen Berge, vor allem die Pyrenäen? Aber unsere Sorge war unbegründet. Dann standen wir auf einem Parkplatz in Spanien kurz vor Tarragona und waren einfach nur glücklich, dass alles bis hier gutgegangen ist. Sogar die Spritpreise sind pro Liter 25 Cent billiger. Kaum zu glauben und für unsere nicht üppige Rente gerade recht. Spanien kennen wir ja aufgrund unserer langjährigen Arbeit. Jetzt wollen wir uns noch um unseren eingezahlten Rentenfond kümmern, den man erst mit 65 Jahren erhalten kann.

Am 2.11. haben wir dann unser 1. Ziel erreicht: Campingplatz Miramar bei Miami Platja. Wir haben vor bis Ende November zu bleiben. Das Wetter ist wunderbar, noch richtig warm. Für unsere Gesundheit einfach fantastisch, denn ehrlich gesagt plagen uns doch schon einige Zwickerlein. Einziges Ärgernis im Augenblick, dass unsere SAT-Anlage einfach nicht funktioniert. Wir werden uns wohl einen Monteur leisten müssen. Am Strand waren wir auch schon mehrmals. Sogar barfuß sind wir gegangen. Unsere Ronja fühlt sich auch »pudelwohl«, wo sie doch eine Schäferhündin ist. Wir haben uns auch fleißig ans Spanisch-Wieder-lernen gemacht. Die gekonnten Vokabeln sind längst verschwunden aus unserem Gedächtnis. Aber wie heißt es so schön, man soll flexibel sein.

Unser Fernseher funktioniert immer noch nicht. Für mich eigentlich optimal. Wir können endlich mal Spiele machen, Kassetten hören, viel lesen und lange Wege am Meer gehen. Hat auch alles seine Vorteile. Am Abend haben wir uns ein spanisches Bierchen in einem Bistro gegönnt und dort Fernsehen auf Spanisch angeschaut. Das übt ganz gewaltig. Irgendwie kann man auch viel besser schlafen hier.

Inzwischen haben wir auch unser Vorzelt aufgebaut. Ich habe nur festgehalten und die so wichtigen Ratschläge erteilt. Heute war Markttag. Wir natürlich hin. Was soll ich sagen, es war voll von Menschen dort und es gab einfach alles zu kaufen. Lederhosen, - jacken, -Schuhe, -Taschen, -Gürtel. Lederbörsen, Wolle, Töpfe, Pfannen, Teller, Bettwäsche, Handtücher, Klamotten, Gewürze in reichlicher Auswahl u. Obst sowie Gemüse in allen Variationen. Wir haben uns mit Tomaten, Äpfeln, Zwiebeln und Zitronen versorgt. Dann haben wir uns noch den Hafen mit den vielen Booten, Jachten und Segelschiffen angeschaut. Dort war reger Verkehr. Es wurde aufgeräumt und winterfest hergerichtet. Denn es gab jetzt schon reichlich Wind, der von den Bergen kommt.

Eigentlich wollte ich meine Schwester noch anrufen und zum 82. Geburtstag gratulieren, aber der Münzapparat funktionierte nicht und eine Karte hatten wir noch nicht. Morgen werden wir erst mal unser Handy noch aus der Spanienzeit von vor zehn Jahren wieder aktivieren, wenn es denn geht. Tatsächlich das Handy funktioniert wieder.

Gestern hatten wir super-starken Wind. Wir mussten unser Vorzelt noch verstärken. Sonst wäre es auf und davon geflogen. Morgens gehen wir jetzt immer zum Bäcker (Hin- und Rückweg betragen ca. 6 km) und holen uns ein Baguette. Schmeckt herrlich. So mit Honig empfinden wir es wie ein Luxus Mahl. Gestern habe ich ein bißchen Wäsche gewaschen. Auf Weichspüler kann man verzichten, denn Sonne und Wind geben ihr bestes.

Heute ist der große Tag. Mein Schatz hat Geburtstag. Den 65-igsten!! 47-mal haben wir ihn schon zusammen gefeiert, aber dieser war einmalig. Am Mittelmeer unter blauem Himmel, immer noch konnte man schwitzen, die Sonne war unerbittlich, obwohl doch schon der 13. November war. Morgens nach dem Frühstück mit Ei, Kuchen, Kerze und kleinem Geschenk (Vitaminpillen zum Frischbleiben) haben wir zwei uns aufgemacht nach Miami, um Zeitung und Baguette zu holen. Natürlich am Strand entlang, barfuß, die Latschen in der Hand. Da überkam mich unvermittelt dieses enorme Freiheitsgefühl. So stelle ich mir vor, muss sich Robinson auf seiner Insel gefühlt haben. Auf dem Rückweg sind wir noch in einer kleinen Kneipe eingekehrt und haben auf der Terrasse mit einem Schlückchen Sekt auf ein gutes neues Lebensjahr angestoßen. Wir zwei waren hier in Spanien viel lockerer als zu Hause. Noch immer haben wir kein Fernsehen und was soll ich sagen, es macht uns überhaupt nichts mehr aus. Abends sind wir dann nach dem Essen (es gab Grünkohl, trotz Hitze wie immer am 13.11.) noch auf einen kleinen Absacker ins kleine Bistro marschiert. Dort war tolle Musik und mit 2 Mikrophonen konnten alle mitmachen. Bombenstimmung war das. Es passte wie die Faust aufs Auge. Natürlich wurden es an diesem Abend ein paar Absacker mehr. Was soll es. Man wird ja nur einmal 65 Jahre. Irgendwie gehören auch die Ausländer in Spanien einfach dazu, fanden wir toll. Es war ein Super Geburtstag. Wir waren ja ohne Kinder, Enkel u. Urenkel nur mit Hund. Sozusagen eine ganz andere Version, die uns aber auch gefallen hat.

Heute haben wir gehört, dass es am 14.11.2010 in Deutschland 21° Celsius warm war. Seit 1890 (1. Wetteraufzeichnung) die höchste Messung . Ist ja kaum zu glauben. Mein Mann sagt immer, die Welt ist noch nicht fertig, vielleicht hat er Recht, sieht ja direkt so aus. Unser Rentenfond ist immer noch nicht auf unserem Konto. Wie üblich wird sich Zeit gelassen, manjana, manjana. In Deutschland läuft es ja wie wir alle wissen genauso ab. Die Nacht haben wir damit verbracht, an den Zeltstangen zu hängen. Es war wieder Sturm, besser gesagt Orkan von größter Stärke. Es war schon sehr beängstigend. Unsere Hündin Ronja hat sich verkrochen und wir wollten das Vorzelt schon abbauen. Aber nachts nur mit Taschenlampenlicht wäre es nicht zu packen. Das haben wir dann am nächsten Morgen erledigt. Im Augenblick ist es wieder ruhig und sonnig. Wir wollen ja noch weiter fahren, aber wegen der Bankgeschäfte geht es noch nicht. Am Sonnabend sind wir nochmal in die kleine. Kneipe gegangen auf ein Bier. Die Stimmung war schon riesig, denn es gab Fußball. Barca gegen Almeria hieß das laute Treiben. Auf einer großen Leinwand konnten wir das Spiel verfolgen. Beim 1. Tor wurde sogar eine Salve abgeschossen. Uns ist der Schreck richtig in die Glieder gefahren. Wir waren ja völlig unvorbereitet. Die Atmosphäre war total ansteckend, auch wenn man nicht unbedingt ein Fußballfan ist. Ich möchte nicht wissen, was los war, als die Spanier Weltmeister wurden.

Wir sind wieder auf Achse. Valencia, Alicante, Benidorm und Catagena haben wir hinter uns gelassen. Jetzt gerade steht Wasser auf dem Ofen für Tee und Würstchen, denn wir haben enormen Hunger. Übrigens waren wir total überrascht, dass Spanien so bergig ist. Unser Vehikel hat stark zu schnaufen. Durch viele Tunnel mussten wir durch. Auf einmal eine Polizeikelle. Irgendetwas musste falsch gewesen sein. Wir bekamen schon Hemmungen. Unser Licht war im Tunnel nicht an. Ganz freundlich wurden wir darauf hingewiesen, nächstes Mal daran zu denken. Keine Strafgebühr. Glück gehabt. Wir finden überhaupt, dass die Spanier total nette Leute sind. Sehr viel lockerer als wir Deutschen, direkt ansteckend. Inzwischen haben wir Andalusien erreicht. Wir stehen zur Zeit in Vicar, nahe Almeria. Sehr schöner Ort. Hier waren die Olympischen Spiele in Tennis und Paddeln. Heute Morgen war hier Markt. Riesengroß. Wir haben nur noch gestaunt. So viele Angebote, die einen bald schon erschlagen haben.

Da meine Tabletten sich dem Ende neigten, sind wir in ein Arztcenter gegangen, das rund um die Uhr geöffnet ist. So etwas schwebt uns ja auch für unseren Wohnort im Harz vor, der doch sehr abgelegen ist und es vergeht viel Zeit, bis man 40 km weiter ein Krankenhaus erreicht. Wir haben in Braunlage Unterschriften gesammelt und im Rathaus abgegeben. Medien u. Kassenärztliche Vereinigung informiert. Aber es ist nicht genug rüberzubringen, wie wichtig es doch ist, sich um die eigenen Gesundheit zu kümmern. Wenig Mitarbeit der Bürger.

Leider. Wir werden wohl aus dem Harz wegziehen müssen, wenn nicht noch ein Wunder geschieht. Ich schweife ab. Also zurück nach Spanien. Im Gesundheitscenter wurden wir unabhängig von gewissen Sprachschwierigkeiten freundlich und kompetent behandelt. Alle Achtung.

Nachmittags haben wir noch einen Cappuccino getrunken, besser gesagt nur ich und mein Mann eine Cola. Das Glas hat er prompt umgeworfen. Der Ober hat trotzdem freundlich lächelnd das kaputte Glas beseitigt u. den Tisch abgewischt Wir waren fasziniert. Morgen geht es wieder weiter. Ich bin noch immer total benommen.

Gerade haben wir die Berge der Sierra Nevada überquert. Rauf und runter durch Tunnel. Dann wieder links und rechts tiefe Schluchten. So mit dem Wohnwagen ist es direkt schon eine waghalsige Fahrt. Zwei Unfälle haben wir vor uns gesehen. Sehr gefährlich dort. Vielleicht liegt es an unserem Alter ich weiß es nicht. Mir ist jedenfalls das Blut permanent vor Aufregung zu Kopf gestiegen, ich glaube, ich war knallrot angelaufen. Mein Mann hat die Fahrt großartig gemeistert, selbst unsere Hündin hat wenig geknurrt, ich glaube, dass sie die Situation voll erfasst hatte. Die vielen Urlauber, die mit dem Flugzeug so unterwegs sind, können unsere Angst natürlich nicht nachvollziehen. Die Landschaft ist dafür umso traumhafter. Die kleinen Dörfer mit den weißen Häusern am Berg total urig. Nur wie lebt es sich dort? Alles nach oben transportieren, sich selbst natürlich auch. Das wäre nichts für mich.

Inzwischen sind wir kurz vor Malaga. Es ist der

29.11.2011. Wieder mal geht ein aufregender Tag zu Ende. Auf der Suche nach einem Camping-Stellplatz sind wir fündig geworden. Der erste Anlauf war ein Fehlschlag. Ein Platz in Torre del Sol, sehr voll, für uns zu voll mit über 500 Plätzen und sehr viele Hunde. Außerdem durch tagelangem Regen alles aufgeweicht unter Wasser stehend. Wir also weiter. Nicht aufgeben war die Devise. Wir sind auf die Autobahn nach Torremolinos abgebogen. Haben gleichzeitig eine Höllenfahrt erlebt. Plötzlich ging es hoch, hoch war gar kein Ausdruck. Das Auto stand fast senkrecht. Uns rutschte das Herz in die Hose. Wir waren starr vor Schreck, haben es aber geschafft. Man kam sich vor wie ein Steilwandfahrer. Schließlich haben wir Torremolinos erreicht und einen fantastischen, günstigen und weniger belebten Campingplatz gefunden. Vor 35 Jahren waren wir mit den Kindern mal hier im Ort und haben gezeltet. Viel hat sich seitdem verändert. Riesige Neubauten und gute Straßen und viel mehr Geschäfte und Hotels. Die Menschen hier sind immer noch so nett und freundlich wie damals. Schauen wir mal, was wir so alles noch erleben werden. Mein Mann baute gleich das Zelt auf. Unsere Hündin schaute dabei zu, während ich unbedingt meine Geschichte weiterschreiben wollte. Diese mannigfaltigen Eindrücke musste ich sofort zu Papier bringen. Übrigens sind wir mitten in Europa gelandet: Aus Norwegen, Schweden, Finnland, Holland, Dänemark, Irland, England, Schweiz, Österreich, Frankreich, Tschechien, Portugal und natürlich aus Spanien stehen hier Wohnmobile u- Wohnwagen sowie Zelte. Aus Deutschland sind wenige vor Ort. Ein munteres Treiben in allen Sprachen und wir mittendrin. Vielleicht wäre es doch besser, wenn die Regierungen eine Sprache für alle Europäer zur besseren Verständigung ins Leben gerufen hätten. Es wurde ja mal der Versuch unternommen eine gemeinsame Sprache für alle Europäer auf den Weg zu geben: aber Esperanto setzte sich einfach nicht durch.

Heute haben wir schon mal ein bisschen von Torremolinos erkundet. Zu Fuß sind wir zweieinhalb Stunden durch den Ort und Umgebung marschiert. Zwischendurch hatten wir mal die Richtung verloren. Aber wir haben uns einfach durchgefragt. Donde esta…? Wo ist…? Klappte soweit ganz gut. Natürlich haben wir uns eine Zeitung gekauft. Die Bild und so erfahren, dass Deutschland zu dem Zeitpunkt mal wieder im Schnee-Chaos versinkt. Zeitgemäß ist es ja, aber wir brauchen keine Scheiben zu kratzen und haben auch keinen Heizungsverbrauch. Nachdem endlich die eine Hälfte des Rentenfonds auf dem Konto war, wenn auch weniger Euros als wir dachten, haben wir uns einen dringend nötigen Friseurbesuch gegönnt. Mein Mann hätte schon beinahe eine Haarspange gebraucht. Friseur ist für ihn schlimmer als der Zahnarzt. Wenn das abgeschnittene Haar so ins Hemd fällt, das findet er ganz grausam, alles juckt und kratzt. Aber ich habe ihn zum Schneiden gedrängt. Wurde total toll geschnitten. Trotz einiger Sprachschwierigkeiten sind wir gut zurecht gekommen. Freundlich, zügig und günstig wurden wir verschönert. Nachmittags sind wir dann zum Strand gewandert und haben draußen sitzend Kaffee getrunken.

Als wir zum Camping-Platz zurück kamen, hatten sich neue Gäste neben uns aufgebaut. Mit dem Aufbau des

Vorzeltes hatte die spanische Familie allerdings große Mühe. Wie wir dann erfahren haben, war es das erste Mal. Also hat meine bessere Hälfte mal eben mit angepackt. Zu guter Letzt waren beide Seiten glücklich. Da ich ein paar Ansichtskarten geschrieben habe, wollte ich sie natürlich absenden. Wir haben also auf unseren Stadtplan gesehen und das Postamt gesucht. In der Nähe des Bahnhofs haben wir das Postzeichen gefunden. Wir sind zur Bahnstation Los Alamos getrampt und haben zwei Einzelfahrscheine im Automaten erworben. Alles gut verständlich und sogar für unsere Verhältnisse sehr günstig. Wir waren direkt stolz auf uns, dass wir die Billets lösen konnten. In Deutschland ist es für uns oft überhaupt nicht zu kapieren, welche Zone man braucht. Zwei Stationen später sind wir ausgestiegen. Wir haben eine Señora gefragt, auf welcher Seite wir den Bahnhof verlassen müssen. Sie hat uns mitgenommen. Wir also hinterher. Beim Verlassen des Bahnhofs muss man den Fahrschein in einen Automaten stecken, der Schein wird dann gestempelt, dann geht eine Schranke auf und die Billets kommen vorn wieder raus. Könnte ja sein, dass man noch die Rückfahrt gebucht hatte. Auf der Straße dann hat uns die nette Señora noch gezeigt, wo wir die Post finden würden. Das Postamt war natürlich geschlossen, denn es war Feiertag. Aber ich konnte keinen Briefkasten finden. Mein Mann hat jemanden gefragt, wohin mit der Post. Er sagte, da wo die Animals sind hinein. An der Wand vor der Tür waren zwei Löwenköpfe mit offenem Maul, also dort hinein mit der Post. Die Öffnungszeiten waren, man staune, von 8 Uhr 30 bis 20 Uhr 30 durchgehend von Montag bis Freitag. Am

Sonnabend noch von 8 Uhr 30 bis 13.30. Dann sind wir durch den Ort Torremolinos zurück. Alle Geschäfte hatten auf. Riesenandrang überall. Übrigens hat Spanien 20 % Arbeitslose. 40 % Jugendliche sind ohne Arbeit. Das ist natürlich auch sehr gefährlich für Straftaten. Die Sozialschiene gibt es hier ja bekanntlich nicht. Ab 2011 gibt es für die Langzeitarbeitslosen kein Geld mehr. Kürzungen an allen Ecken.

Für mich war sogar ein Geschenk drin. Eine supertolle Kette aus einem kleinen Laden, der demnächst schließen wird. Viele Geschäfte sind schon leer und stehen zum Verkauf oder Vermietung. Ein neuer Wohnmobil-Camper sagte uns, in Portugal ist alles noch viel schlimmer, da kommen sie gerade her. Da wird beinahe jeder Laden angeboten, ebenso Wohnungen und Häuser. Da könnte man ja direkt das Fürchten bekommen.

Heute ist in Spanien ein Feiertag. Nach Regen und Sturm in der Nacht war es ab Mittag sehr heiß. 27° Celsius am 8.12., das ist schon arg. Wir sind also zum Strand und wollten barfuß durch den Sand waten. Auf einmal ein Schrei von meinem Mann. Er sah auf seinen Fuß und was war los? Ein Angelhaken steckte zwischen den Zehen. Wir haben versucht ihn rauszufummeln, aber nichts ging. Es war ein Restaurant in Sicht. Meinen Mann unterm Arm sind wir hingehumpelt und haben um einen Notruf bei der Ambulancia gebeten. Der Ober hat gleich angerufen. Was noch viel schlimmer war, wir hatten kein Geld, keinen Ausweis geschweige denn die Versicherungskarte dabei. Da ja ein Sonntag war, musste ein Wagen aus Malaga kommen. Nach kurzem Warten bin ich zum Camping Platz zurück gelaufen, um

Geld und Papiere zu besorgen, dann kam mir schon der Unfallwagen entgegen. Ich also rein ins Auto und mit Mann und Fahrer ab ins Krankenhaus nach Malaga. Wir dachten, wir sehen nicht richtig, die Notfallstation voller Menschen. So etwas habe ich noch nie gesehen. Ich bin dann zum Anmelden und mein Mann kam direkt zur Behandlung. Er bekam eine Tetanusspritze und eine Spritze gegen die Schmerzen. Dann wurde der Angelhaken per Eingriff entfernt. Laut Aussage des Arztes hätten wir niemals den Haken allein heraus bekommen.

Zum Nachsehen müssen wir dann ins Ärztecenter in Torremolinos. Der Strand soll sehr oft voll Angelhaken sein. Die vielen Angler sind oft sehr nachlässig beim Wegwerfen. Mein Mann hatte noch vorher gesagt, dass er nicht barfuß gehen wolle, weil er schon in der Zeitung davon gelesen hatte. Ehrlich gesagt, habe ich ihn dazu gedrängt und mache mir natürlich Vorwürfe. Eine Entzündung ist Gott sei Dank ausgeblieben. Zwei Tage später haben wir uns mit Pralinen bewaffnet und uns beim netten Ober für seine Hilfe bedankt. Er hat sich sehr gefreut.

Heute waren wir wieder mal in Torremolinos. Erst zum Postamt. Dort muss man Nummern ziehen.10 Minuten später war ich an der Reihe, habe Karten abgegeben und wollte noch Briefmarken haben. Sehr freundlich wurde mir gesagt, die gäbe es nur im Tabakladen – Estan co. Da mein Mann noch Zigarren brauchte, sind wir hin. Dort fragte mich der Verkäufer: Nach Europa oder in andere Länder oder Marken für Spanien. Übrigens der Preis für Briefe und Karten ist gleich.

Um das Geld von dem Rentenfond nach Deutschland schicken zu können, benötigt man eine Bescheinigung. Dafür reicht der Ausweis allein nicht. Deshalb sind wir dann zur Ausländerpolizei und wollten dort diese Bescheinigung besorgen für Transfergeschäfte von Spanien nach Deutschland. 10 Euro sind im Voraus zu bezahlen, dann müssen viele Bögen ausgefüllt werden, natürlich in Spanisch und dann muss man zum Termin erscheinen. Der Ausweis allein reicht für diese Aktion nicht, man braucht seit ein paar Jahren schon ein so genanntes grünes Dokument, das dann fürs ganze Leben gilt. Vor der Tür der Polizei waren viele Menschen. Also der Reihe nach aufstellen. Wir bekamen einen Termin für den 12.1.2011. Wartezeit also vier Wochen. Dann sind wir noch zum Rathaus. Für mich musste noch eine Bescheinigung der Krankenkasse beschafft werden. Wo ist dieselbe? Wir haben erfahren im nächsten Ort ist so ein Institut. Da werden wir einen neuen Tag opfern müssen. Dort im Rathaus war in der riesengroßen Eingangshalle die Weihnachtsgeschichte aufgebaut. Leider hatte ich keinen Fotoapparat mit. Man könnte auch nur so Abschnitt für Abschnitt aufs Bild bannen. Wenn man sich das so vorstellt, draußen 25 Grad warm und drinnen alles so weihnachtlich geschmückt. Auch große Tannenbäume waren aufgestellt. Zur Geburtsstunde von Jesus damals waren ja auch warme Temperaturen, nur für uns sehr ungewohnt. Später haben wir uns noch ein Domino-Spiel zugelegt. In vielen Kneipen kann man Runden beobachten, die mit lautstarker Begeisterung um Geld Domino spielen. Nochmal zum Rathaus zurück: Im Innenraum stehen Polizeibeamte zur Sicherheit, aber man kann auch Fragen stellen. Das gleiche gilt auch für das Krankenhaus.

Es ist Freitag, 14 Tage noch bis Weihnachten, in Deutschland Schnee – Chaos, hier milde 20 Grad, und wir waren gerade zum Ärztecenter und wollten den behandelten Zeh noch mal anschauen lassen. Natürlich mein Mann wollte das tun. Hier muss ich Kritik loswerden. Lange Schlangen vor der Anmeldung. Sämtliche Räume und Gänge voll von Menschen. Kaum noch durchzukommen. Wir haben uns brav hintenan gestellt. Als wir dann endlich dran waren, sagte uns die Angestellte, erst mal Ausweis und Versichertenkarte kopieren und dann wiederkommen. Fanden wir unmöglich, deshalb haben wir auf einen Termin verzichtet. Also kann man sagen, dass Andalusien nicht so gut ausgestattet ist wie Katalonien. Später haben wir dann erfahren, dass acht neue Gesundheitszentren in Planung bzw. sich im Bau befinden und zwei davon schon fertiggestellt sind. Es gibt sogar einen Fahrstuhl um nach Torremolinos-Center zu kommen Vom Strand aus geht es das erste Stück die Treppen hoch und dann per Aufzug das letzte Stück für 50 Cent pro Person nach oben. Von dort oben hat man einen Superblick. Einfach traumhaft.

Die neueste Meldung, ein Wunder ist geschehen, beinahe hätte ich es vergessen. Wir können nach sechs Wochen Abstinenz wieder fernsehen. Es war ein Monteur da, den wir Spitze fanden. Ein Engländer, der schon seit neun Jahren in Spanien arbeitet. Da wir nur eine kleine Sat-Schüssel haben und auf dem Campingplatz viele hohe Bäume stehen, war es sehr schwierig ein Bild zu bekommen. Aber es ist gegangen. Wir fanden es toll und der Monteur auch. Sogar bezahlbar war es. Mal sehen, was der morgige Tag bringt.

In der Heimat ist tiefer Winter und wir haben Wärme. Unfassbar. Am Abend haben wir durch einen Boten der Rezeption eine Einladung (Zettel auf Englisch mit einer Flasche Wein) zu einem Weihnachtsdrink am nächsten Tag zwischen 17 und 19 Uhr erhalten. Wir sind also hin mit einer kleinen Süßigkeit. Im Bistro saßen an einem großen langen Tisch schon die meisten Camper. Es gab Bier und Wein, etwas zu knabbern und Teller mit Wurst und Käse. Außerdem noch viel Süßes zum Naschen. Wir fanden es total gemütlich und lustig zugleich .Aus vielen Ländern rund um Europa war es eine Begegnung, die wir unvergesslich fanden. Wir dachten, dass wir selten so eine schöne Weihnachtsfeier erlebt haben. Öfter mal dachte man ja schon, dass so das Alter nichts außer Krankheiten zu bieten hat. Aber mein Mann und ich wurden eines besseren belehrt. Für wenig Geld sind schöne Erlebnisse auch zu haben. Also liebe ältere Generation, raus aus dem Arbeitsleben muss kein Fristen in Einsamkeit bedeuten. Mit ein bisschen »good-will« ist vieles möglich.

Die Zeit vergeht wie im Fluge. Ich persönlich glaube, es hängt mit dem Alter zusammen, dass alles viel schneller vergeht. Leider, Leider. Wir hatten sogar einen kleinen Weihnachtsbaum. Apfel, Nuss und Mandelkern, Süßigkeiten und ein tolles Essen hatten wir auch. An Kinder und Enkel haben wir in diesem Jahr nur unsere Gedanken verschickt und gute Wünsche per Karten. In Spanien werden die Geschenke ja erst am 6. Januar gemacht. So ist es überall anders.

Unbedingt will ich nicht vergessen, zu erwähnen, dass alle aber wirklich alle Autofahrer hier in Andalusien vor jedem Zebrastreifen anhalten, sowie ein Mensch vor diesem steht. Alle ob jung oder alt, Mann oder Frau stoppen sofort. Das hat uns sehr begeistert, besser gesagt, das fasziniert uns jeden Tag aufs Neue. Auch gibt es Sekundenzeiger vor vielen Überwegen mit Ampeln. So weiß man immer wie lange man Zeit hat über die Straße zukommen. Wir sind ja jeden Tag ca. 10 km immer verschiedene Wege gegangen und können das beurteilen. Das wäre doch für unser Land auch eine tolle und vor allem verkehrssichere Möglichkeit. Meistens wird noch schnell durchgefahren, so nach dem Motto erst ich, denn ich habe es eilig. In Spanien hingegen ist es so, dass die Strafen sehr hoch sind, viele 100 Euro. Also hält man sich an die Verkehrsregeln. Es können also auch die älteren Leute, selbst wenn sie langsam sind, die Straßen in Ruhe überqueren. Das finden wir nachahmenswert.

Hurra, wir haben das Jahr 2011. Am Silvesterabend haben wir es uns total gemütlich gemacht und sind bestens reingerutscht. Eine Sitte ist hier um eine Minute vor Mitternacht zwölf Glücksweintrauben mit je einem Wunsch verbunden zu vernaschen.

Da ich am 2. Januar 65 Jahre alt wurde, hat mein Mann wie üblich einen Topfkuchen mit Schokoladenplätzchen gebacken. Das erste Stück war wie jedes Jahr meins. Aber etwas war völlig anders. Mein Göttergatte hatte beim Backen die Eier vergessen. Bestimmt war es das erste Mal. Ich habe ihn noch getröstet, dass der Kuchen auch ohne Eier super schmecken würde. Was haben denn die Leute im Krieg gemacht, da wurde auch oft, ohne dass man alle Zutaten hatte, gebacken. Wir haben schließlich Tränen gelacht, weil wir uns vorgenommen haben, im neuen Jahr den Gürtel enger zu schnallen von wegen der Kostensteigerungen. Dass es aber schon bei den Eiern für den Geburtstagskuchen anfangen soll, haben wir eigentlich nicht gedacht.

Tatsächlich bin ich nun 65 Jahre alt. Also im richtigen Rentenalter. Meine Schwester sagt dazu: »Oh, bist Du noch herrlich jung!« Sie ist immerhin 17 Jahre älter. Wir hatten einen wunderschönen Tag. Sonnenschein pur bei 22 Grad. Morgens zum Kaffee mit Kuchen und Kerze gab es sogar ein Geschenk. Eigentlich hatten wir beide das schon lange abgeschafft, aber der 65. Geburtstag ist ja ein besonderer Tag meinte mein Mann. Man hab ich gestaunt. Aus der Tüte kam ein wunderschöner Pullover in zartem Grau und sogar passend wie angegossen. Riesige Freude für mich. Nachmittags sind wir dann in die Stadt gewandert und haben Kaffee getrunken mit einem Riesenstück Sahnetorte. Das Kalorienzählen haben wir weggelassen. Bei dem schönen Wetter konnte man ja draußen sitzen und die vielen Menschen beobachten. Irgendwie habe ich mich wieder richtig jung gefühlt. Ich musste an unseren ersten gemeinsamen Geburtstag denken vor 47 Jahren natürlich im tiefsten Winter und an den zweiten gemeinsamen Geburtstag, an dem wir uns verlobt haben. Mensch, wie doch die Zeit vergeht. Ich kann nur sagen: »Leute, gebt nicht auf, auch das Alter hat noch rosige Momente!«

Der 2. Januar 2011 ist auf andere Art ja auch noch ein wichtiger Tag, denn es werden die Energiekosten und vieles andere erhöht. Sogar die Baumwollpreise steigen und natürlich die Lebensmittel. In Spanien kommt noch das Rauchverbot in Gaststätten und sogar auf öffentlichen Plätzen dazu. Überall sind Diskussionen und auch Furcht vor weiterer Vernichtung von Arbeitsplätzen. Die Gesundheit ist natürlich ein wichtiges Argument, aber es sollte doch jeder Mensch für sich entscheiden dürfen. Heute, es ist der 3. Jan. hört man, dass in Italien keine Plastiktüten mehr verkauft und verwendet werden dürfen. Es kommt mir so vor, als sind nur noch Verbote im Umlauf. Darf man überhaupt noch irgendetwas, ohne dass man Strafen zu befürchten hat? Es heißt ja, man soll positiv denken und handeln, das werden wir auch tun. Seit Tagen sind wir unterwegs, um eine Lebensbescheinigung für meinen Mann zu erhalten. Aber es ist einfach unmöglich. Wir waren in der Deutschen Botschaft in Malaga, da sagte der Beamte, er müsse meinem Mann dafür 20 Euro abnehmen. Wir sollten doch zum Gericht oder ins Rathaus nach Torremolinos gehen. Heute waren wir dort in beiden Institutionen und haben erfahren, dass sie keine Lebensbescheinigung ausgeben können, da wir nicht in Spanien angemeldet sind. Wir waren total sauer, dass die Botschaft uns so eine falsche Auskunft erteilt hat. Vielleich müssen die Angehörigen der Botschaft mal besser informiert werden. Sicher erhalten sie doch auch ein Spitzengehalt. Morgen werden wir nochmal einen Notar aufsuchen. Erst mal fragen, wie teuer es würde, uns, besser gesagt meinem Mann, ein beglaubigtes Zertifikat auszustellen. War natürlich noch teurer als bei der Botschaft. Eigentlich dachten wir, dass wir die Lauferei nach nötigen Papieren hinter uns haben. Irgendwie kamen wir uns schon so vor wie Heinz Ruhmann im Film »Der Hauptmann von Köpenick«. Wir dachten, im Zeichen von Europa wäre alles einfacher, aber weit gefehlt.

Wir haben einen zweiten Anlauf zur Botschaft gemacht und plötzlich haben wir die erforderliche Lebensbescheinigung sogar ohne Gebühren erhalten. Wieso wissen wir nicht. Aber Hauptsache ist doch, wir haben sie bekommen und mein Mann konnte das so wichtige Papier an die spanische Rentenanstalt weiterschicken.

Auf keinen Fall darf ich vergessen zu erwähnen, dass der Deutsche Ruf im spanischen Ausland nicht mehr so gut ist wie ehemals. Wir glauben, dass die Kanzlerin manchmal falsch vorgeht und zu wenig an die Menschen denkt. Hier in Spanien wird gesagt, bei Euch in Deutschland läuft doch alles. Die Wirtschaft brummt, jeder hat Arbeit, alle können sich Urlaub leisten. Also müsst ihr Geld haben und könnt so überheblich auftrumpfen. Wir haben es auch in der Bank bemerkt. Lieber nehmen die unseren abgelaufenen spanischen Ausweis als Vorlage als den gültigen Deutschen. Es ist eine ganz merkwürdige Situation. Es fehlt in Spanien einfach das Geld. Inzwischen sind auch die Spritpreise rasant angestiegen. Wo soll das alles noch hinführen? fragen wir uns täglich.

Meine Geschichte soll aber nicht nur kritische Aspekte haben, denn das wäre ja furchtbar. Ein paar Tage lief alles so locker dahin. Heute aber, wir haben einen Spaziergang ans Meer gemacht, um die riesigen Wellen zu beobachten, die bis auf den Strand gelaufen sind, war es nicht mehr so locker. Den Hund hatten wir wie immer, wenn wir mal zum Einkaufen oder so waren im Wohnwagen gelassen. Nach ca. 1,5 Stunden waren wir zurück. Wir trauten unseren Augen nicht, auf der Erde lag zerfleddertes Schokoladenpapier. Meine angebrochene Tafel Zartbitter gab es nicht mehr. Also vom Hund aufgefressen und ich dachte, dass ich alles sicher verpackt hätte. Aber denkste. Unsere Ronja war wohl auf Fährtensuche, weil es ihr langweilig war. Auf einmal gerieten wir in Panik. Für einen Hund kann Schokolade tödlich sein. Was tun? Sie hatte ja schon alles aufgefressen und somit im Magen. Einen Doktor wie, wann und wo zu bekommen? Ich hatte ein Buch »Der Schäferhund« dabei. Darin stand 2-3 Teelöffel Salz einflößen. Habe ich versucht und geschafft, damit Erbrechen erzeugt wird. Aber nichts geschah. Nur ein paar Stunden später bekam Ronja riesigen Durst und hat laufend getrunken. Putzmunter war sie auch und kräftig hungrig, außerdem die Nacht gut geschlafen Heute Morgen wie immer guter Dinge. Dann wird wohl alles überstanden sein.

Neuer Tag, neues Glück aber nichts da, der nächste Schock. Wir wollten samt Hund mit dem Auto wie immer zum Laufen u Geschäfte machen. Saßen alle im Auto. Zündschlüssel rein, der Wagen sprang aber nicht an. Es ging nichts, aber auch gar nichts. ADAC angerufen. Panne im Ausland steht auf der Karte. Erst mal nach Deutschland wählen, von dort nach Madrid durchgestellt. Ja, es kommt jemand zur Hilfe. Nachdem der Fall nochmal geschildert wurde. Demnächst. War sogar ziemlich zügig. Feststellung vom Monteur ist wohl die Batterie hin. Frage: Wo ist eine Werkstatt, wie kommt man dahin? Mein Mann ist also zur Werkstatt. Dort Auskunft, die Batterie ist okay. Ist vielleicht der Anlasser. Aber das macht eine andere Werkstatt. Im Augenblick funktioniert erst mal wieder nichts. Irgendwie denke ich schon wieder, passiert das alles nur bei uns? Ich schaue auf dem Camping-Platz herum und denke, alles fröhliche Menschen und niemand hat ein Missgeschick. Lädt der liebe Gott schon wieder mal die Lasten bei uns ab? Es heißt ja immer, das sind nur Prüfungen, die es zu überstehen gilt.

Inzwischen haben wir uns wieder gefangen und werden gleich essen. Es gibt Nudeln. Die Tage vergehen wie im Fluge. Tagsüber ist es schon sommerlich warm. Nachts und morgens aber noch richtig kalt. So stellen wir es uns in der Wüste vor. Ist ja auch schriftlich belegt. Gestern ist ein Rentnerpaar samt drei Hunden und Wohnmobil aus dem Norden hier eingetroffen. Die wollten gleich wissen, wo man deutsches Essen bekommt. Uns hat das zum Schmunzeln gebracht. Denkt dran, hat mein Mann gemeint, Sie befinden sich im Ausland. Vor zwei Tagen waren wir im Kulturzentrum Pablo Picasso. Der Eintritt ist frei. An den Wänden der Flure hängen Bilder von vielen Künstlern. In einer zugehörigen Bibliothek wir haben reingeschaut saßen viele Studenten und arbeiteten in großer Stille an kleinen Tischen. Natürlich haben wir uns in der riesigen Cafeteria einen Kaffee gegönnt und uns wie Studenten gefühlt. Jung und unbeschwert. Leider warte ich immer noch auf das Geld aus dem Rentenfonds.

Da ja in Ägypten die Unruhen sind, stellt man in Spanien verstärkten Touristenverkehr fest. Es wurde viel umgebucht. Natürlich finden die Spanier das gut, denn die Wirtschaft muss dringend einen Schub haben. Die Arbeitslosenquote ist viel zu hoch. Inzwischen war auch die Bundeskanzlerin bei Präsident Zapatero und hat verlauten lassen: Deutschland würde Facharbeiter brauchen. Jetzt stürmen viele Spanier die Goethe-Institute, um Deutsch zu lernen und um dann Arbeit in Deutschland zu finden. Alles ist besser, als große Schulden zu haben und zu guter Letzt ganz abzurutschen.

Wir haben uns vorgenommen Ende des Monats die Rückreise anzutreten. Endlich muss ich es mal loswerden, dass mein Mann mich Tag für Tag verwöhnt. Er kocht die schönsten Sachen. Alles schmeckt einfach fantastisch. Immer andere Gerichte und er ist mit so viel Freude und Elan dabei. Ich muss ehrlich gestehen, dass ich nicht so viel Lust gehabt hätte. Bei mir hätte es bestimmt nur oftmals ein Stück Brot oder Kuchen gegeben. Für tägliches Essen im Restaurant würde uns natürlich auch das Geld fehlen. Wir sind ja nur ganz normale Leute in Rente. Uns gefällt aber das einfache Leben in Freiheit an frischer Luft und wir brauchen keine hochtrabenden Lebensweisen, die uns von der Gesellschaft aufdoktrirt werden. Wer ist, frage ich mich schon lange Jahre die Gesellschaft, die uns sagt, wie wir uns verhalten müssen. Schon seit Jahrzehnten passen wir nicht so richtig in das vorgeschriebene Bild. Aber erst seit der Rentenzeit haben wir die Möglichkeit nach unserer Art zu leben. Darum empfinden wir alles wie ein Geschenk. Gerade noch rechtzeitig sind wir zu dieser Erkenntnis gekommen. Denn unsere meisten Jahre sind vorbei und es folgen nur noch, wenn wir Glück haben, überschaubar wenige. Besonders nach meinem überstandenen Herzinfarkt 2007 wollte und musste ich mein bisheriges Leben ändern.

Heute am 11.02.2011, Freitag, ist ein historischer Tag. Ägyptens Staatspräsident Mubarak ist auf Druck der Bevölkerung zurückgetreten. Ein Wunder ist geschehen.

Jedenfalls für mich. Der Rentenfond wurde angewiesen nach dreimonatiger Wartezeit. In der Bank bin ich doch tatsächlich in Tränen ausgebrochen. Daraufhin haben wir uns zum Shoppen, wie es ja heutzutage heißt, aufgemacht. In Torremolinos haben die Geschäfte viele günstige Angebote, was uns natürlich sehr entgegengekommen ist. Schuhe, Gürtel, Taschen aus Leder in riesiger Auswahl. Ehrlich gesagt, weiß ich gar nicht, wann wir überhaupt mal sozusagen zuschlagen konnten und so viel Spaß beim Einkauf hatten. Während einer Pause zwischendurch haben wir einen Kaffee Cognac zum Munterbleiben getrunken. Auch sehr ungewöhnlich für uns. Dazu war noch Superwetter. Ich habe mich frei wie ein Vogel gefühlt. Abends im Bett habe ich ein großes Dankgebet zum Himmel geschickt.

Es ist Sonntag und wir machen einen Spaziergang am Strand. Barfuß die Sandalen in der Hand. Leise Wellen laufen über unsere Füße. Noch sind wenige Menschen zu sehen. Die Hotels richten sich auf ihre Gäste ein. Stühle und Sonnenschirme raus. Es ist der 20.02.2011. Wir beobachten den Himmel und sehen alle fünf Minuten oder weniger ein neues Flugzeug auf dem Weg zur Landung in Malaga. Später fahren dann die Busse vollbesetzt an uns vorbei zur Verteilung der Gäste in die vielen Quartiere der Hotels. Mein Mann sagt, er würde das schrecklich finden, ganz wie die Vorstufe für ein späteres Leben im Altenheim. Er meint, diese vorgeschriebenen Verhaltensmaßregeln. Nichts kann man allein bestimmen. Alles ist festgelegt. Essenszeiten, Freizeiten und andere Veranstaltungen. Irgendwie einengend. Warum nur finden das so viele Menschen toll? Die Eigenständigkeit geht ja völlig flöten. Da loben wir uns den Wohnwagen mit unserer persönlichen Einteilung.

Es ist nicht zu fassen, heute schlafen wir ein letztes Mal auf dem Campingplatz von Torremolinos. Denn morgen früh (Aschermittwoch, wie passend) werden wir unsere Rückreise antreten. Schade, schade. Es hat uns super gut gefallen. Über drei Monate haben wir hier zugebracht und wir haben uns mopsfidel gefühlt.

Eigentlich wollten wir uns ja noch Portugal anschauen, aber wir haben uns fest vorgenommen alles im Winter nachzuholen. Den ganzen Tag waren wir voll damit beschäftigt, das Vorzelt abzubauen und allen möglichen Kram für die Rückfahrt wieder richtig zu platzieren. Während ich hier schreibe, die Zeit habe ich mir einfach genommen, regnet es massiv. Vielleicht soll uns der Abschied leicht gemacht werden. Beim Schlüssel abgeben für die Aus- und Einfahrt, sagte uns der Chef vom Camping-Platz, nachdem wir ihm versichert hatten, es war wirklich toll in der Anlage und überhaupt im Ort, wir hätten bei ihm immer ein zu Hause. Fanden wir unheimlich zu Herzen gehend. Wer weiß, ob wir demnächst überhaupt noch reisen können. Übrigens hat Spanien wegen des gestiegenen Spritpreises ein Geschwindigkeitslimit auf den Autobahnen eingeführt. Von 120 km wurde das Tempo auf 110 km gesenkt. Das soll angeblich 15 % Verbrauch beim Sprit sparen. Naja, die Leute hier sind geteilter Meinung. Gleichzeitig sollen auch die Fahrpreise für Bus und Bahn gesenkt werden.

Nach den ersten 400 km haben wir unsere Rückfahrt zunächst unterbrochen. Wir hatten starken Wind. Nein es war schon Orkan. Die Tür zum Wohnwagen konnte man nicht mal mehr schließen. Auf einem für Spanien schon großen Rastplatz mit Tankstelle und Hotel haben wir uns zum Schlafen aufgebaut. Mit dem Hund sind wir zum Geschäfte machen auf Pirsch gegangen und haben eine Riesenplantage mit Zitronen gesehen. Leute waren am Pflücken. Soviel Bäume haben wir noch nie mit den gelben Vitamin-Bomben zu sehen bekommen. Kilometer über Kilometer nichts als Zitronen. Außerdem sprangen hunderte kleine und große Hasen durchs Gelände. Die Leine samt Hund mussten wir mit aller Kraft festhalten. Ein Wahnsinnsschauspiel. Am nächsten Morgen sind wir wieder weiter. Der Wind war Gott sei Dank verschwunden. Am Freitag sind wir nach 1000 km in Miami angekommen. Erst mal nur geschlafen und am folgenden Morgen sind wir dann zum Einkaufen gegangen. Dort stach uns gleich die schreckliche Meldung aus Japan ins Auge. Erdbeben, Tsunami und daraus entstehend der Störfall in verschiedenen Atomkraftwerken. Die restlichen 2000 km Rückfahrt haben wir anschließend ohne besondere Vorkommnisse geschafft.

Zu Hause angekommen, haben uns wieder die Kälte und der Alltag erwischt. Wir haben uns dann gesagt, dass wir ja in knapp sechs Monaten wieder on Tour sein wollen. Liebe, vor allem ältere Mitbürger im Rentenalter: »Macht mit – seid dabei –vielleicht treffen wir uns irgendwo, denn wenn nicht jetzt, wann dann?«

Danksagung

Mein besonderer Dank gilt meiner Tochter Christina, die trotz ihrer vielen eigenen Termine sich die Mühe gemacht hat, mein Manuskript in eine Word-Datei zu schreiben, da ich alles nur mit der Schreibmaschine getippt hatte. Außerdem ein Dank an meinen Mann, der wirklich viel Verständnis für die mannigfaltigen Stunden gezeigt hat, die ich denkend und schreibend mit den Geschichten zugebracht habe. Und für seine Zustimmung den Krankheitsverlauf der Tropenkrankheit Leishmaniose öffentlich beschreiben zu dürfen.

Zu guter Letzt danke ich dem Verlag Books on Demand für die Unterstützung einer wirklich unerfahrenen Autorin, die durch die aktive Begleitung der Mitarbeiter sehr viel gelernt hat und es unter diesen Voraussetzungen sicherlich ein zweites Buch geben wird.

Über die Autorin

Jahrgang 1946, gebürtige Hamburgerin, jetzt im Harz lebend, verheiratet, drei Kinder, neun Enkel, zwei Urenkel.

Berufsweg: Buchhaltung, Kasse, Pflegedienst und Gastronomie.

Seit dem Rentenbeginn widme ich mich neben meinem sozialen Engagement mit Leidenschaft dem Schreiben.